15,95

D1101395

POB ERPE MERE

EM0589063

DE VOORSPELLING

Van Paul Kustermans verscheen bij Davidsfonds/Infodok:
De vergissing

PAUL KUSTERMANS

De voorspelling

Davidsfonds/Infodok

Plaatselijke
Openbare
Bibliotheek

2004/2952/C

Kustermans, Paul
De voorspelling

© 2004, Paul Kustermans en Davidsfonds Uitgeverij NV
Blijde-Inkomststraat 79-81, 3000 Leuven
Omslagillustratie: Jan de Maesschalck
Vormgeving: Sin Aerts
D/2004/2952/47
ISBN 90 5908 124 2
NUR 284
Trefwoorden: Waterloo, Napoleon, liefde

Alle rechten voorbehouden.
Niets uit deze uitgave mag worden verveelvoudigd,
opgeslagen in een geautomatiseerd gegevensbestand
en/of openbaar gemaakt in enige vorm of op enige wijze,
hetzij elektronisch, mechanisch, door fotokopieën, opnamen
of op enige andere manier zonder voorafgaande
schriftelijke toestemming van de uitgever.

STICHTING NEDERLANDSE
KINDERJURY
2005

PROLOOG

Op een tocht door Oost-Brabant ontdekte ik in het dorpje O. een pittoreske Onze-Lieve-Vrouwekapel. Aan de muren hingen dankplaatjes en in de vloer lag een marmeren grafsteen. De letters waren uitgesleten door duizenden devote voeten en knieën en de steen was verweerd en gebarsten.

Moeizaam ontcijferde ik de naam en de data onder het imposante wapenschild. En de vermelding: *présent à la bataille de Waterloo le 18 juin 1815...* Aanwezig bij de slag van Waterloo op 18 juni 1815. En dan de datum van overlijden: een jaar na Waterloo op de leeftijd van achttien jaar.

De tekst fascineerde me. In mijn belangstelling voor geschiedenis nemen Waterloo en het hele verhaal van Napoleon een belangrijke plaats in.

Ik had – tegen mijn gewoonte in – geen camera bij me. Twee weken later keerde ik dan ook terug, maar de kapel was gesloten. Aan de zware, met ijzer beslagen deur viel niet te wrikken. Ik bezocht een paar buren in de hoop dat ze me konden helpen. Een van hen, een vriendelijke dame, bleek de kapel te onderhouden.

'De grafsteen?' vroeg ze. 'Van de jonge graaf? Als je daar een foto van wilt, zul je je moeten haasten.'

Ik keek haar verwonderd aan.

'De vloer wordt vernieuwd', zei ze. 'Te veel kapotte tegels en verzakkingen. Of ze de grafsteen kunnen redden, staat nog niet vast. Hij is gebarsten en afgebrokkeld. Marmerkanker, zegt de architect.'

Moeizaam kwam ze overeind.

'We zullen hem meteen maken, die foto van je.'

We liepen langs een keienweg tussen deinende tarwe en ik voelde de diepe rust. Ze opende de deur met een zware, smeedijzeren sleutel.

Ik maakte de foto, of beter, ik maakte er een tiental uit alle mogelijke hoeken en nam afscheid.

Twee weken later kreeg ik een telefoontje.

'Met de vrouw van de kapel van O. Morgen wordt de grafsteen weggehaald en het graf wordt opengemaakt. Ik dacht dat het je misschien zou interesseren.'

En of het me interesseerde.

Het gras was nog nat van de dauw, maar de arbeiders waren al aan de gang. De vloer was verdwenen en waar de grafsteen had gelegen, zat een diepe put waaruit ze voorzichtig aarde schepten. Naast de put stond een nieuwe, eikenhouten kist met geopend deksel. Voor de resten die ze zouden vinden, begreep ik.

Aan de kant, tegen de kapelmuur, stonden een oudere heer en een meisje. Ze praatten zachtjes, maar hun hele houding verraadde gespannen verwachting.

Plotseling slaakte een van de arbeiders een waarschuwende kreet.

Ik boog me over de put. Stukken halfverrot hout en ivoorkleurig gebeente. Voorzichtig werd met de hand verder geschept en een uur later lagen de meeste resten in de kist.

Toen klonk opnieuw een verwonderde kreet van dezelfde arbeider.

Ik boog me over de kuil. Op de schoongeschraapte bodem van de oude kist lagen aan het hoofdeinde twee schedels naast elkaar. Een goudglanzende kever haastte zich weg.

Ook de heer en het meisje bogen zich voorover.

'Dus toch', zei het meisje. Uit haar stem klonk nauwelijks verbazing.

De heer wierp haar een waarschuwende blik toe. Ze stapten achteruit, fluisterden even met de werklieden en verlieten de kapel, nadat een bankbiljet discreet van eigenaar was veranderd.

In het jaar Onzes Heren 1792, op de zestiende dag van de hooimaand, werd in de parochie van Sitterd-Lummen geboren Rutger, Wouter, August, eerste zoon van Louis, François, Maurits, graaf van Coudenberghe en van Sarah, Maria, Charlotte, barones van Terwilghen, echtgenoten en wonende op het kasteel Hooghend in dezelfde parochie.

(Uittreksel uit de geboorteakte van Rutger van Coudenberghe)

1.

Ze reden door een vallei tussen hoog oprijzende mastbossen. De paardenhoeven klonken dof op de bodem die bezaaid lag met dennennaalden. Vijf verkenners reden voorop, speurend tussen de bomen. Ritmeester Rutger van Coudenberghe voerde het eerste peloton aan. De rest van het eskadron volgde in drie ordelijke colonnes. De lansen van de honderd vijftig ruiters vormden een dansend woud, de kleurrijke vlaggen en wimpels wapperden in de trillend hete lucht. Ze voerden geen kanonnen en slechts een paar troswagens mee, ze waren enkel de voorhoede van het ontzaglijke leger, de smalle pijlpunt van een logge vechtmachine die breed uitwaaierend achter hen aanrolde. Paarden snoven en af en toe hinnikte er eentje de stilte aan scherven.

In hun rug zakte de grote bloedrode zon langzaam achter de beboste hellingen en schaduwen nestelden zich tussen de bomen.

'Waar ligt dat verdomde Mohilew?' vroeg zijn adjudant, die aan zijn zijde draafde.

'Dit is Rusland', antwoordde Rutger. Uit zijn stem klonk ontzag voor de ruimte die voor hen lag. 'Afstanden hebben hier een andere dimensie dan bij ons.'

Zijn ogen zochten speurend de hellingen af.

'Hopelijk treffen we het leger van tsaar Alexander voor het land ons opslokt. Eén grote slag in ons voordeel, daarna kunnen de keizer en de tsaar een vredesverdrag sluiten en keren wij terug naar Frankrijk.'

'Dan moeten de Russen eerst wel blijven staan', zei de adjudant. 'Het lijkt er meer op dat ze elke slag willen vermijden.'

'Ze kunnen hun dorpen en velden van hier tot Moskou niet in brand blijven steken.'

De vallei vernauwde tussen uitlopers van de bossen. Het peloton sloot dichter tegen elkaar. De paarden hinnikten onrustig en enkele steigerden. Rutger klopte zijn hengst geruststellend in de hals.

Toen scheurde een woeste trompetstoot de rust aan stukken, ruiters donderden gillend van de hellingen naar beneden en stortten zich met gevelde lansen tussen de verraste Fransen.

Rutger herkende de uniformen en de mutsen. 'Kozakken', schreeuwde hij. 'Sluit de gelederen.' Zijn geest werkte razendsnel. De kozakken mochten er in geen geval in slagen zijn mannen te verspreiden. Ze moesten standhouden tot de compagnie hulp stuurde.

Zijn ogen zochten de trompetter om hem het juiste signaal te laten blazen, maar in het geharrewar kon hij hem niet ontdekken. Hij liet zijn paard kleine rondjes draaien, met zijn sabel wild uithalend naar de opdringende ruiters. Waren het er honderden of duizenden? Het bos braakte nog steeds krijsende groepen uit. Om hem heen heerste chaos. De lansiers van het derde regiment probeerden zich te groeperen en zich te verdedigen, maar de kozakken joegen telkens weer tussen hen door, hangend over de nek van hun kleine paarden. Sabels flitsen bloedrood in het laatste licht van de dag.

Rutger zag hoe zijn adjudant de armen ten hemel wierp toen een lans zijn rug doorboorde. Kogels floten, een trompet gilde triomfantelijk. Ze waren overal en Rutger wist dat de dood vlakbij was, want de kozakken – woeste ruiters uit de steppen die het gevaar minachtten en lachend stierven op de rug van hun paarden – zouden geen genade kennen.

Een kogel trof zijn paard in het hoofd. Het stortte neer alsof zijn benen door een kanonskogel onder hem waren weggeschoten en Rutger rukte wanhopig zijn voeten uit de stijgbeugels. Een lans doorboorde zijn dij, rode pijn vlamde door zijn lijf en hij viel voorover. Een paardenhoef raakte zijn slaap, de wereld kantelde en werd zwart.

Later was hij er zich vaag van bewust dat hij opgetild en ruw over een paardenrug gegooid werd, maar opnieuw golfde de donkere mist door zijn hoofd.

Toen hij weer bij bewustzijn kwam, lag hij op een hoop droge bladeren. In zijn hoofd bonsde een grote trom en zijn dij brandde als hellevuur. Zijn broekspijp was met bloed doorweekt. Hij hoorde

10

de kozakken overleggen en wist dat ze over zijn lot beslisten. Een oude man met wel duizend rimpels en bruine, afgebrokkelde tanden zwaaide met een reusachtig pistool. Zijn vuile vinger sloot gretig om de trekker, terwijl de loop voor Rutgers gezicht heen en weer zwierde. Die wist voor de tweede keer die dag dat de dood onafwendbaar voor hem stond. Heel even flitste de gedachte aan thuis door zijn hoofd. Golvende graanvelden en beboste heuvels. Goud en groen als het uniform van deze kozak.

Het schot ging af met een oorverdovende knal, de kogel floot langs zijn oor en het kruit schroeide zijn gezicht. De kozakken kletsten op hun dijen en lachten schaterend, maar Rutger zakte uitgeput achterover. Zijn maag krampte samen en misselijkheid overspoelde hem. Hij kokhalsde en gaf een gulp bitter vocht over.

Toen werd de deur van de hut opengestoten. Een Russische officier zei in vlekkeloos Frans: 'De generaal wil u spreken.'

Hij blafte een aantal bevelen en Rutger werd in een slee gehesen. De paarden zetten zich in beweging, de slee schokte heen en weer en hij viel opnieuw flauw.

*

'*Frantsas!*'

De klanken drongen moeizaam door de mist heen. Ruwe handen schudden hem heen en weer.

'Fransman! Kun je op je voeten staan?'

Een tweede, onverstaanbare stem vol rauwe keelklanken klonk ongeduldiger.

Rutger opende zijn ogen. Het was donker, maar vlak voor hem stond een helverlichte tent. Hij kneep zijn ogen tot spleetjes tegen het felle licht en probeerde de misselijkheid te bedwingen die opnieuw vanuit zijn maag naar zijn hoofd steeg.

'We brengen je bij de generaal.'

Hij werd overeind getrokken en probeerde te staan. Even hing de tent tussen de sterren.

Harde handen dwongen hem vooruit en zijn voeten bewogen

11

automatisch. De voorhang werd weggeschoven en de gloed van tientallen kaarsen verblindde hem. Hij werd vooruitgeduwd tot bij een tafel. Een zware man in een Russisch generaalsuniform met veel gouden tressen en rijen decoraties keek hem met half toegeknepen ogen aan.

'Je naam, je regiment.'

Het klonk niet eens onvriendelijk en zijn Frans was even vlekkeloos als dat van een Parijse aristocraat.

'Rutger van Coudenberghe. Verkenningstroepen, derde regiment te paard van zijne majesteit keizer Napoleon.'

'Ik weet dat Napoleon oprukt met vier korpsen', zei de generaal, nauwelijks opkijkend. 'Ik wil een lijst van alle regimenten en brigades van elk korps en hun getalsterkte.'

Hij schoof een papier en een ganzenpen naar Rutger.

'Het spijt me.'

Rutger hoorde zijn eigen stem alsof hij vanuit de verte kwam. Een trage, lijzige stem vol vermoeidheid. Waarom zei die stem 'het spijt me'? Dit was niet het moment om de held te spelen.

'Ik ken alleen mijn eigen regiment, generaal. De rest van het leger...'

'Nonsens!'

Een vuist bonkte op de tafel, de kaarten ritselden, het kaarslicht danste, de adjudanten stonden roerloos. Het gezicht van de generaal was nu vlakbij. Rutger rook zijn zurige adem.

'Langs welke weg wil Napoleon oprukken? Orsja? Vitsebesk? Smolensk? Vjazme? Wat is zijn einddoel: Moskou of Sint-Petersburg? Hoe staat het met de bevoorrading? Voor hoeveel dagen voert de tros rantsoen mee? U kunt best meewerken, eh...' hij wierp een snelle blik op Rutgers insignes, '... ritmeester, anders zou ik weleens erg onaangenaam kunnen worden.'

Rutger lachte. Een doffe vreugdeloze lach. Dacht deze Rus echt dat Napoleon zijn geheime plannen liet inkijken door zijn regimentsofficieren? Dat hij gezellige onderonsjes met hen organiseerde om de opmars te bespreken?

Hij hief het hoofd.

'Ik behoor niet tot de generale staf, generaal. Mijn eskadron krijgt...' hij verbeterde zichzelf terwijl hij probeerde de gezichten van zijn dode kameraden uit zijn hoofd te bannen, '... mijn eskadron kréég elke avond het voorgeschreven rantsoen en marsorders voor één dag. Voor de rest...'

'Breng hem weg', snauwde de generaal.

Hij veegde het papier van de tafel.

'Hang hem op of breng hem naar het lazaret, wat jullie het gemakkelijkst uitkomt.'

Blijkbaar hadden ze geen koord bij de hand of was er geen geschikte boom in de buurt of hadden ze gewoon medelijden met hem, want Rutger werd op de rug van een paard gehesen.

Van de uren en dagen die volgden zou Rutger zich achteraf weinig herinneren. Hij kreeg koorts. Een paar dagen zweefde hij op de wankele grens tussen leven en dood, daarna gleed hij aarzelend en verwonderd weer het leven in.

Een lazaret, een veldbed, groezelige dekens en muren, ongedierte en verplegers die alleen Russisch spraken. Hij pikte een paar woorden op. *Perevjazka*, verband en *jeda*, eten en *Frantsas*. Dat laatste werd uitgesproken alsof het het ergste scheldwoord was dat de Russische taal kende.

Hij werd wakker, at stinkende koolsoep en klef zwart brood en viel weer in slaap. Maar op een morgen werd hij gewekt door hel licht dat door een raampje viel. Hij ging rechtop zitten. De bijtende pijn in zijn dij was even scherp, zijn voorhoofd schrijnde, maar zijn gedachten waren helder. Voor het eerst keek hij aandachtig om zich heen. Een kast met tientallen donkerbruine flessen waarop witte etiketten glansden en een brede tafel van ruw geschaafde planken met daarop een petroleumlamp waarvan de pit nog sputterend brandde.

Zijn dijwond genas slechts langzaam, hoewel de verplegers met een pincet hardhandig de laatste restjes stof eruit peuterden om besmetting te voorkomen. Hij kon nog altijd niet op zijn been steunen, zodat hij op krukken rondhotste. Regelmatig kreeg hij een aanval van duizeligheid. Urenlang zat zijn hoofd dan vol mist en was het moeilijk zelfs maar de eenvoudigste gedachte af te maken.

Het gezicht van Jacques één ogenblik vol dodelijke verbazing toen de lans zijn rug doorboorde.

Kozakken die de helling afstormden, reusachtig groot, met sabels als zeisen. Maar hun oogkassen waren leeg en ook de oogkassen van hun briesende paarden waren donkere grotten. Waren het de ruiters van de Apocalyps, gekomen om te oordelen over Napoleons leger? Ook als hij zijn ogen wijd opengesperd hield, bleven de beelden hem overvallen.

Na een week verscheen een officier.

'U wordt ingekwartierd', zei hij. Zijn rijzweep tikte tegen zijn laars op het ritme van zijn woorden. 'Bij een notaris niet ver hiervandaan. U krijgt huisarrest en ik wil uw erewoord als officier dat u niet zult proberen het Franse leger te vervoegen.'

Rutger zuchtte opgelucht. Het ophangen was blijkbaar weer een tijdje uitgesteld.

'En de oorlog?' vroeg hij.

Hij hield het gezicht van de Rus nauwlettend in het oog. Misschien zou dat meer verraden dan zijn woorden.

'Voor u is de oorlog voorbij.'

'Werd er slag geleverd?'

'Ik heb geen order gekregen om verslag aan u uit te brengen.'

Rutger probeerde het over een andere boeg te gooien.

'We zijn allebei soldaten. In mijn plaats zou u net zo nieuwsgierig zijn. De meeste van mijn vrienden zijn gesneuveld, maar...'

De Rus maakte een ongeduldig gebaar en zijn stem klonk wrevelig.

'De chirurgijn van de notaris zal u verder verzorgen en beslissen wanneer u voldoende hersteld bent om overgebracht te worden naar de commandant van Minsk.'

*

Op een dag vol blauwe lucht en witte opbollende zomerwolken werd hij haastig in een slee geduwd.

Twee verplegers klopten hem als afscheid op de schouder.

'Het ga je goed, Fransman. We zullen je missen, we waren haast aan je gewend geraakt.'

De koetsier droeg een muts van geitenleer over zijn lange, grijze haar en een brede leren gordel om zijn jak. Hij keek nauwelijks naar zijn passagier, klakte met de zweep en spoorde het paard aan tot een snelle draf. Ze gleden hotsend en botsend langs landwegen, tussen mastbossen en kleine akkers en later door de steppe met zeeën van wuivend gras en daarin duizenden papavers als bloedvlekken.

Rutger had een herenhuis midden in het dorp verwacht, maar de koets hield halt bij een wat vervallen landhuis dat wel een kasteeltje leek. Het lag achter een scheefhangend roestig hek dat geflankeerd werd door twee afbrokkelende pilaren met brullende leeuwen. Het had een smal bordes en vier uivormige torentjes, maar die konden de troosteloze sfeer die deze plek uitademde niet breken.

De koetsier liet de bellen van zijn slee rinkelen en na een lange tijd verscheen een norse bediende.

'De Fransman', zei de koetsier en de bediende knikte stuurs.

Hij werd dus verwacht. Hij hees zich op zijn krukken – geen van beide mannen maakte aanstalten om hem te helpen – en hobbelde achter de bediende aan die zijn plunjezak droeg. Even had hij de indruk dat een gordijn op de eerste verdieping werd weggeschoven en dat een gezicht hem aankeek, maar dat kon ook inbeelding zijn. Ze lieten de hoofdingang links liggen en gingen door een lage deur naar binnen.

De bediende mompelde wat in het Russisch en wees naar een bank. Dankbaar liet Rutger zich neerzakken. Na een eeuwigheid kwam een andere man, die gebrekkig Frans sprak. Hij had een bochel en sliste, waarbij speeksel uit zijn afhangende mondhoek sijpelde.

'Ik ben Igor. Uw kamer, hij is klaar... op de tweede verdieping. Maar...' Hij loerde naar de krukken die Rutger tussen zijn knieën geklemd hield. 'Volgens Sascha komt u nooit de trappen op. Ik zal meneer de notaris vragen...'

Hij krabde in zijn baard.

'Het lukt me wel', zei Rutger. 'Ik wil mijnheer de notaris niet tot last zijn.'

De man haalde zijn schouders op in een gebaar waaruit zowel berusting als minachting bleek.

Rutger klemde zijn tanden op elkaar en volgde hem de brede houten trap op. Elke trede was een uitdaging, maar hij haalde het. Uitgeput liet hij zich neerzakken op het hoge notenhouten bed dat opgemaakt was met fris geurende lakens.

Zijn been brandde en hij vroeg zich af of de wond onder het verband opnieuw was opengegaan.

2.

Uit het dagboek van Elena Warowska

Dat het leger van Napoleon door de vlakten van Polen trok, wisten we. Volgens de geruchten, die zelfs tot in dit afgelegen gat doordrongen, was het van een duizelingwekkende omvang. 'Meer soldaten dan grashalmen op de steppe', zei Igor in de keuken en iedereen knikte, want dat beeld begrepen ze.

Dat het immense leger vlak voor het oversteken van de Russische grens een plotselinge zwenking zou maken en dat het op zijn weg naar Moskou juist onze kant zou opkomen, hadden we nooit voor mogelijk gehouden. Toch gebeurde het. De angst liep als koorts door het land.

Tot gisteren was de oorlog niet meer dan wat geruchten. Verhalen over marcherende soldaten in eindeloze rijen en over ontelbare regimenten te paard. Die paarden en hun ruiters moesten reusachtig groot zijn, want er werd met ontzag over gefluisterd. Geruchten over gruweldaden ook: moord en plundering en de onnoemelijke dingen die de Franse soldaten met vrouwen en meisjes deden.

Elena Warowska keek even op en luisterde naar de geluiden van het huis en naar de wind die aan de luiken rammelde. Andere geluiden zweefden de kamer binnen. De zwengel van de pomp piepte en ver weg huilde een wolf.

Ze draaide de pit van haar lamp wat hoger, doopte haar ganzenpen opnieuw in de inktpot en schreef verder.

Vandaag is de oorlog van gezicht veranderd. Vanmorgen bulderden kanonnen in de verte. Het lijkt onschuldig, als het goedmoedige grollen van de donder op zomeravonden, maar wat achter de horizon echt gebeurt, daar kan ik me geen voorstelling van maken. De hele dag ben ik het huis in- en uitgelopen om ernaar te luisteren. Vanavond is er het flitsen van bliksems bijgekomen. Schichten die van de

aarde omhoog worden geslingerd naar de laaghangende wolken en
daar flikkerend oranjerood weerkaatsen.
Ondertussen beseffen we het allemaal: de oorlog staat voor onze deur
en we kunnen alleen maar machteloos afwachten.

Elena leunde achterover. Haar ogen zwierven door de kamer. De gordijnen in gele pasteltinten, de ovale spiegel waarin ze zo vaak haar langzaam volwassen wordende gezicht had bestudeerd, de iconen met veel goud en rood, de glanzende petroleumlamp, de kussens overal verspreid... Haar vertrouwde wereld was veilig en rustig, maar ondertussen stonden de verschrikkelijke woorden er, zwart op wit, in haar kleine sierlijke handschrift: *de oorlog staat voor onze deur.* Het was alsof het noodlot nu onafwendbaar was geworden.

Ze keek door het raam. Na een sombere, regenachtige dag was de schemering al vroeg ingevallen. Slierten nevels speelden verstoppertje in de plooien van het land. De berken met hun slordig witgekalkte stammen keken toe als wachters uit een schimmenwereld. Langzaam omsloot het donker het huis.

Zo dadelijk zou Natalja alle lampen in het huis ontsteken, de luiken dichtklappen en de avond en de laatste geruchten buitensluiten. Haar rustige gebaren zouden voor de bewoners een illusie van veiligheid scheppen.

Het Franse leger ging zijn eigenzinnige weg en trok door de bossen ten noorden van hun dorp. Geen van de rondzwervende benden drong tot bij hen door. Wel waren er vluchtelingen, uit hun verbrande hutten weggejaagde boeren, hongerige kinderen, vrouwen en meisjes die met glazige ogen voor zich uit staarden en er niet in slaagden de verschrikkingen die ze ondergaan hadden te vergeten. Omdat het dorp hen niet kon herbergen, trokken ze als een makke kudde verder naar het zuiden.

Twee weken en vele slapeloze nachten later schreef Elena in haar dagboek:

Na alle vorige ongelukken is ons vandaag het ergste overkomen: we worden verplicht een vijandelijke officier in ons huis op te nemen. Hij is herstellend van een verwonding die hij opliep toen kozakken zijn regiment overvielen. Vader heeft de inkwartiering willoos aanvaard, zoals hij het laatste jaar alles willoos over zich heen heeft laten gaan. Ik heb me voorgenomen de Fransman met koele minachting te behandelen en geen woord tegen hem te spreken.

Ze hield op met schrijven. Buiten klonken de belletjes van een slee. Ze liep naar het raam en schoof het gordijn een eindje weg. Een man in een lange soldatenjas klom moeizaam uit de slee, steunend op krukken. Ze voelde geen medelijden toen ze hem in het felle zonlicht hinkend naar het huis zag lopen. Hij was een vijand, een gehate Fransman, zijn wilde horden hadden haar heilige Rusland overvallen. Even hief hij zijn gezicht op, hij leek haar recht in de ogen te kijken. Ze liet het gordijn vallen en stapte verward achteruit.

Een tijd later hoorde ze Igors slissende stem in de hal en daarna het harde tikken van krukken op de houten treden en het geschuifel van voeten. Het duurde eindeloos. Eerst werd het tikken luider; tik Tik TIK, daarna nam het geleidelijk af. Hij klom naar de tweede verdieping, naar de kamer die daar voor hem in gereedheid was gebracht. Ze wist het met ontstellende zekerheid: hierna zal niets nog hetzelfde zijn.

Ze wachtte tot zijn deur met een duidelijke klik was dichtgevallen en liep toen naar beneden.

De notaris zat in zijn vertrouwde stoel bij de tafel waarop papieren uitgespreid lagen, een glas met nog een bodempje rode wijn in de hand.

'Hij is er, vader.'

'Ik weet het.'

Hij dronk zijn glas met getuite lippen leeg.

'Moet dit echt?' Haar donkere, wat hese stem klonk opstandig. 'Kan hij nergens anders heen?'

'Nee.'

De notaris was klein en gezet, met in zijn gezicht de paarse adertjes van een wijndrinker. Hij keek op van het blad waarop hij in zijn piepkleine handschrift eindeloze rijen cijfers had neergeschreven.

'Hij is officier. Graaf, hebben ze gezegd. Er werd mij opgedragen hem met respect te behandelen. Het is oorlogstijd, Elena, en je weet dat de militairen het voor het zeggen hebben. Ze kennen weinig pardon als je hen een stok in het wiel steekt. Niemand is veilig voor hen, ook wij niet... En dus zal de graaf samen met ons de maaltijden gebruiken. Je kunt maar beter aan die gedachte wennen. En als hij 's avonds naar beneden wil komen...'

Hij zuchtte.

'Denk erom, in Rusland is gastvrijheid heilig, Elena. Zelfs als het om een gevangene gaat. Zeker als het om een gevangene gaat.'

Elena nam zich opnieuw voor de Fransman te negeren, hem te behandelen alsof hij lucht was. Voor haar zou hij nooit bestaan en nooit zou ze het woord tot hem richten.

*

Elena Warowska en Rutger van Coudenberghe ontmoetten elkaar voor het eerst bij het avondeten. Zij zat samen met haar vader aan de sober gedekte tafel. Naast hen wachtte Natalja zwijgend met de soeplepel en de dampende terrine. In de stilte van het huis was er eerst het tikken van zijn krukken op de trap en op de tegels van de hal, daarna de zachte klop op de deur. Noch de notaris, noch zijn dochter reageerde. Natalja keek hen vragend aan. Na een ogenblik ging de deur open en steunend op zijn krukken kwam de Fransman binnen.

'Rutger van Coudenberghe, ritmeester in het derde regiment verkenning van zijne majesteit', zei Rutger.

Hij begroette de notaris en boog voor de dochter. Aandachtig nam hij haar op. Ze leek teer en kwetsbaar. Ze was jong, ze kon nauwelijks ouder zijn dan Louise, zijn zusje thuis, maar ze was nu al een schoonheid. Ze had een Slavisch gezicht met hoge jukbeenderen, een rechte neus en een volle mond. Haar goudbruine ogen vol weemoed stonden wat schuin, wat haar een exotisch uiterlijk gaf. Haar lange, zwarte wimpers legden schaduwen op haar gezicht en haar blonde haren met bleke strepen waren gevlochten in een lange vlecht, zodat

20

haar voorhoofd en haar ogen nog sterker werden benadrukt.

Van onder haar neergeslagen oogleden merkte Elena dat de Fransman lang en mager was, met een krachtig gezicht en brede schouders. En jong. Ondanks zijn krijgshaftige uniform zag hij er jongensachtig en erg kwetsbaar uit en even voelde ze medelijden. Maar die gedachte duwde ze meteen weg. Ze mocht nooit vergeten dat hij de vijand was.

Vanaf de eerste avond maakte Rutger er een gewoonte van na het eten een tijdje bij de haard te blijven zitten. De petroleumlamp verlichtte dan slechts één helft van zijn gezicht, de andere helft bleef in het duister. Alsof hij twee gezichten had, dacht Elena, twee karakters ook; het ene licht, het andere donker. De onzekere jongen die verlangde naar thuis en de man die officier was in het leger van de vijand, die bevelen gaf en anderen de dood injoeg. En ook zichzelf, voegde ze er eerlijkheidshalve aan toe.

Hij praatte veel en scheen het niet erg te vinden dat alleen de heer des huizes antwoordde. Het hardnekkige zwijgen, de neergeslagen ogen en de afwijzende trek rond de mond van Elena leken hem te amuseren. Hij praatte tegen haar vader, maar vanaf de eerste avond was het voor allen duidelijk dat al zijn woorden ook voor haar bestemd waren. Uit respect vermeed hij de onderwerpen Frankrijk en de keizer. Hij sprak veel over zijn familie, over zijn eigen Brabant en over Rusland zoals hij het kende uit de romans van hun grote schrijvers.

'Ik weet niet hoe dat gaat in jouw land', zei de notaris, zijn schouders ophalend, 'maar hier hebben schrijvers en dichters een boeren-Rusland geschapen dat in werkelijkheid nooit heeft bestaan. Een land van maagdelijke wouden en eindeloze steppen, waar hard werkende boeren perfect gelukkig zijn? Vergeet het. De wouden en de steppen zijn inderdaad onafzienbaar en hard werken doen de boeren zeker, ze zwoegen en slaven zolang het daglicht duurt, maar ondertussen worden ze uitgeperst tot de laatste druppel. Ze creperen van de honger, bezwijken onder het werk en geen van hen heeft de tijd om op te kijken en de schoonheid van het land te zien.'

De dichter schept een ideaalbeeld, wilde Elena opwerpen. Ze

hadden een uitgebreide bibliotheek en in haar vele eenzame uren had ze alle grote namen gelezen. De dichter ziet de werkelijkheid door de bril van zijn fantasie. De modder op de akker ziet hij niet, wel de sterren erboven.

Maar de stilte die ze zichzelf had opgelegd, maakte het haar onmogelijk dat te zeggen en voor het eerst vond ze dat jammer.

'Het gaat niet goed met het Franse leger', zei de notaris op een avond.

Hij probeerde zijn stem niet al te triomfantelijk te laten klinken.

'Maar het gaat ook helemaal niet goed met de Russische boeren. Generaal Koetoesow laat alle akkers platbranden zodat de Fransen nergens voedsel vinden. Ook de hutten van de boeren worden door zijn soldaten in brand gestoken, want anders halen de Fransen het riet van de daken om het hun paarden te voeren.'

Kleine vlammetjes knetterden in de haard. Het leek Rutger alsof oranje keizerskroontjes over de bleke berkenstammen wipten, ze in bezit namen en weer verder sprongen, kleine bataljons op weg naar hun einddoel.

'Zo slecht gaat het?' vroeg hij bezorgd.

'Zo slecht gaat het voor jouw keizer.'

'Ach, als tsaar Alexander eenmaal hoort hoeveel man Napoleon tot zijn beschikking heeft, zal hij zijn tactiek wel veranderen.'

Hij wachtte even en zei dan nadrukkelijk: 'Zevenhonderdduizend man!'

Het klonk alsof elke lettergreep tientallen regimenten voorstelde.

'Russen zijn niet onder de indruk van getallen', zei de baron. 'Ze hebben er zelf zoveel.'

'Soldaten?'

'Mensen. *Doesjie*, zielen zoals wij ze noemen. Miljoenen die niemand ooit geteld heeft. En steden, dorpen, rivieren, wouden, moerassen, kilometers, we hebben er zoveel, je zou er duizelig van worden. Als het om getallen gaat, wint Rusland altijd.'

'Dat zijn dingen die je niet kunt vergelijken', protesteerde Rutger.

'Nee? Kun je dat niet? Jullie zijn door Polen gemarcheerd en misschien hebben jullie gedacht dat er geen einde kwam aan de Poolse vlakten. Maar Polen stelt niets voor in vergelijking met Rusland. De eindeloze ruimte hier heeft de legers van Karel de Twaalfde verslonden en al die anderen voor hem. Opgeslokt. Het leger van Napoleon zal het net zo vergaan. Al jouw zevenhonderdduizend mannen.'

Rutger lachte.

'Vergis je niet, Napoleon is een genie. Hij heeft alles voorzien, zoals hij voor elke slag altijd alles vooraf voorzien heeft. Dat maakt hem onoverwinnelijk.'

Elena keek haar vader strak aan. Vertel het hem, eisten haar ogen. Vertel hem hoe verschrikkelijk *matoesjka Rossieja*, ons moedertje Rusland, kan zijn, zelfs voor haar eigen kinderen.

Rutger zag de dwepende blik in haar ogen, waarin het licht van de haard spetterde. Hij keek haar vol bewondering aan. Wat was ze mooi in haar verontwaardiging. Nooit eerder had hij een meisje gezien als zij. Zijn bloed klopte sneller en hij had moeite om zijn aandacht bij de woorden van haar vader te houden.

'Heeft hij de Russische zomer voorzien?' vroeg de notaris. 'De hitte, de dorst? Je kunt er van op aan dat het terugtrekkende leger niet alleen de akkers in brand zal steken, maar dat het ook de waterbronnen zal vergiftigen. Zevenhonderdduizend mannen en hun paarden! Hemeltjelief, wat zullen die veel water nodig hebben om hun dorst te lessen! En het zal er niet zijn. Vandaag niet, morgen niet en ook overmorgen niet. En daarna, voor diegenen die het overleven...'

Waarschuwend hief hij zijn vinger. Zijn dochter hield haar adem in, wachtend op de vreselijke beelden die zijn woorden zouden oproepen. Rutger keek haar ademloos aan.

'... komt de herfst met zijn regens die de vlakten veranderen in moerassen waarin mannen en paarden onherroepelijk zullen wegzinken. En nog later: de winter.'

Zijn stem daalde tot een hees gefluister en Rutger zag de triomfantelijke glimlach rond de mond van Elena.

'De onbarmhartige, genadeloze, Russische winter, de beste bondgenoot van onze generaals. Sneeuw die dorpen en wegen laat verdwijnen, kou die het merg in je botten bevriest. Hoe denkt Napoleon dat te overleven?'

'Vóór de winter zitten we al lang in Moskou en dicteert Napoleon zijn wil aan tsaar Alexander', zei Rutger, maar ondertussen kroop de twijfel in zijn hart. Van legers kon Napoleon het winnen, dat had hij altijd al gedaan, maar hoe versloeg je de verschrikkelijke weerelementen van dit barbaarse land?

Hij stond op, zijn been stram van het zitten.

'Het spijt me', zei hij en zijn woorden waren vooral voor Elena bestemd. 'Ik wilde u niet van streek maken. Goedenacht.'

Ook die nacht schoot hij bevend en zwetend wakker uit een nachtmerrie waarin kozakken met grijnzende tronies zijn wapenmakkers overvielen en aan spiesen regen. Maar tegen de ochtend droomde hij van een meisje met een volle, dieprode mond dat met hem door de Brabantse heuvels reed. Haar diepe lach echode onder de kersenbomen en haar exotische gezicht straalde. Hij kon zich niet herinneren dat hij ooit zo gelukkig was geweest.

*

De chirurgijn kwam regelmatig langs. Hij bezocht steeds eerst de keuken en werd daar blijkbaar gul ontvangen, want het duurde een eeuwigheid voordat hij de trappen naar de tweede verdieping opklom. Het was een kleine, gebogen man, met onverwacht voorzichtige handen. Hij ververste de verbanden, keurde de wond met kleine, getuite lippen, knikte goedkeurend en herhaalde telkens opnieuw: 'Bien, très bien.'

Rutger begon stilaan te vermoeden dat het de enige woorden Frans waren die de man kende. Zijn wond genas langzaam, er vormde zich een bleekroze litteken in de vorm van een pijlpunt over zijn dij en geleidelijk kon hij zijn krukken aan de kant laten. Op de trappen had hij ze nog nodig, maar bij de deur van de eetkamer liet hij ze steevast achter. Hij klopte aan, wachtte even op het antwoord dat nooit kwam en stapte fier rechtop naar binnen. De notaris begroette hem elke avond met een knik en toen hij voor de eerste keer zonder krukken binnenkwam, leek hij oprecht verheugd, maar de ogen van zijn dochter waren als altijd neergeslagen.

En toen op een dag...

Uit het dagboek van Elena Warowska

Vanavond heb ik pianogespeeld, voor het eerst sinds de geruchten over de oorlog door het land liepen. Ik wilde in het reine komen met de tegenstrijdige gedachten in mijn hoofd.

Er is de Fransman die ik als goede Russische moet haten, want hij is de vijand, maar tegelijkertijd is hij zo absoluut correct en vriendelijk dat ik het elke dag moeilijker krijg om in mijn houding te volharden. Nooit eerder heeft iemand me met zoveel respect behandeld als hij. En... ik vind het moeilijk om dit neer te schrijven: het is alsof ik in zijn ogen mooi word. Niet het meisje dat gisteren nog met de poppen speelde, maar een jonge vrouw die haar schoonheid daar weerspiegeld vindt.

Er is vader die dag na dag dieper wegzinkt in zijn depressie en die maakt dat de wereld om hem heen zelf grijs wordt. Het huis, de bedienden, ikzelf... grijs...

Er is de rentmeester Pjotr Rastojewi die bij elk bezoek verwaander en onbeschaamder wordt. Hij beheert onze goederen en landerijen, vader vertrouwt hem, maar ik vind hem een engerd en weet zeker dat hij ons bedriegt. Maar zolang ik niet meerderjarig ben, ben ik weerloos tegen hem. Als ik vader erover aanspreek, haalt hij zijn schouders op.

'Hij of een ander...! Bedriegen doen ze je toch.'

Ik wist dat muziek me kon helpen rustig te worden en alles op een rijtje te zetten. Ik speelde Elvira Madigan, een moeilijk stuk dat uiterste concentratie vergt, maar waarvan de lichte, speelse tonen toch altijd boven de zware, donkere uitstijgen. Het is mijn lievelingsstuk. In het begin voelden mijn vingers koud en stroef aan, de noten botsten tegen elkaar aan en een paar keer moest ik een fragment opnieuw beginnen tot het net zo klonk als in mijn hoofd. Geleidelijk ging het vlotter en kon ik de wereld om me heen vergeten. Toen ik het pianodeksel wilde sluiten, ging de deur open...

25

Die avond kwam Rutger vroeger dan gewoonlijk naar beneden. Uit de eetkamer klonk pianomuziek. Hij had het mahoniehouten instrument daar elke dag gezien en een paar keer had hij ongemerkt met zijn hand liefkozend over het donkere hout gestreken, maar nooit had hij in het huis muziek horen weerklinken.

Nu speelde iemand een pianoconcert van Mozart. Was het de notarisdochter met haar betoverende ogen en haar fijne handen of was het een gast? De speelse muziek ontroerde hem, deed hem denken aan de concerten die hij in Parijs had bijgewoond en ook – hij slikte, want heimwee overspoelde hem, drukte als een loden gewicht op zijn borst en kneep zijn keel dicht – aan thuis, aan zijn eigen onhandige pogingen en aan Louise, zijn zusje, aan haar dagelijkse lessen, de eindeloze toonladders waar de honden gek van werden, zodat ze jankend naar buiten renden. Louise, die volgende zomer veertien zou worden en vast vol ongeduld uitkeek naar de winterbals waarop ze binnen twee jaar zou debuteren. Hij bleef onbeweeglijk staan tot het stuk uit was. De kloppende pijn in zijn been voelde hij niet meer.

Toen klopte hij aan, wachtte even en stapte naar binnen.

Ze zat nog voor het instrument, de handen met gespreide vingers op de toetsen, het hoofd gebogen, zodat het kaarslicht haar haren deed glanzen. Ze zag er onvoorstelbaar mooi en lief uit.

'U speelt prachtig', zei Rutger.

Voor het eerst richtte hij zich rechtstreeks tot haar. Ze sloeg haar ogen op en keek hem zwijgend aan.

'Magnifiek', zei hij. 'Mozart is mijn lievelingscomponist. Ik heb zelf...' hij aarzelde, '... vroeger speelde ik ook. Niet zo goed als u.' Hij lachte verontschuldigend. 'Mijn grove soldatenhanden! Maar in Parijs ging ik vaak naar concerten. Als deze oorlog voorbij is, zal ik dat opnieuw doen.'

Hij zweeg even en boven de stilte van de kamer uit leek nog steeds de muziek te zweven. Hij zette één stap voorwaarts, maar bedacht zich.

'Ik denk niet dat ik ooit nog zo van Mozart zal genieten als vanavond. Ik dank u.'

Toen keerde hij zich om en verliet stram rechtop de kamer. Het avondmaal sloeg hij over. Die nacht sliep hij zonder dromen.

Elena bleef verward achter.

*

Het weer sloeg om en regens overspoelden het land. Wegen en akkers veranderden in modderpoelen en in het landhuis zaten ze als op een eiland.

'Matoesjka Rossieja', zei de notaris. Hij knikte alsof hij wilde zeggen: ik heb het je toch voorspeld. 'Moedertje Rusland geeft regen, sneeuw en zon... nooit een beetje, nooit met mate, altijd in overdaad.'

Rutger zag de felle blik in de ogen van Elena, maar zijn bezorgde gedachten gingen naar het Franse leger. Hoe hield je die massa van honderdduizenden in beweging als voeten en hoeven zich vastzogen in de modder? Hoe kreeg je kanonnen vooruit als de wielen tot de assen wegzakten en de trekpaarden weggleden? Had de keizer daar een oplossing voor?

Ook de sfeer in het huis werd somberder. Sinds de regens bracht de notaris zijn dagen op zijn kamer door. Alleen voor het avondeten kwam hij mokkend naar beneden. Meer dan in de zomerdagen voelde Rutger zich een vreemdeling in een vijandig huis. De bedienden schuifelden zwijgend door de gangen, Igor liep nog dieper gebukt, zijn bochel als een ondraaglijke last op zijn rug en scheen plotseling geen Frans meer te verstaan, Natalja zwaaide de soeplepel alsof ze een vijandelijke bende te lijf ging. Ook de gesprekken aan tafel vielen weg. De notaris antwoordde nog slechts grommend en met een schorre stem, zijn dochter zweeg als vanouds.

Nu de wandelingen in het park door de onophoudelijke regens onmogelijk werden, bracht Rutger zijn dagen door op zijn kamer. De gesprekken met de chirurgijn beperkten zich nog altijd tot 'bien, très bien' en hij vroeg zich af wanneer de man hem voldoende genezen zou verklaren om hem over te dragen aan de militaire commandant. Minsk leek plotseling verder weg dan ooit.

Vader is definitief teruggevallen in zijn oude depressie waaruit hij na de komst van de Fransman even ontsnapt leek te zijn. Hij ligt urenlang met een doek over zijn hoofd om het licht af te schermen, hoewel hij de gordijnen van zijn kamer hardnekkig dicht houdt. Hij bijt zich vast in grieven over kleinigheden die het Natalja en Igor erg moeilijk maken. Als ik lach, kijkt hij me nog somberder aan, alsof hij de pest heeft aan vrolijkheid. En God is mijn getuige dat in dit huis toch al weinig te lachen valt!
Natalja zegt: 'Velen vechten tegen de dood, klampen zich vast aan het leven, maar meneer de notaris vecht tegen het leven. Hij kijkt uit naar de dood, alsof die zijn laatste vriend is.' Ik denk dat ze gelijk heeft en dat alleen zijn geloof hem ervan weerhoudt uit het leven te stappen.

Ze streek een lok weerbarstig haar weg.

Hij neemt geen beslissingen meer. Het beredderen van het huishouden laat hij aan mij over, het bestuur van wat overblijft van onze goederen aan Pjotr Rastojewi. Die kijkt me bij elk bezoek gemener aan. Het lijkt alsof hij de kleren van mijn lichaam pelt.

Ze keek op. De regen en de wind veegden rimpels op het raam en de bomen waren nog slechts vage vlekken. Ze schreef nog één zin en legde haar pen weg in het notenhouten pennendoosje.

Zo zijn mijn grijze regendagen gevuld met bitterheid.

Het had een zin van een van haar lievelingsdichters kunnen zijn.

*

Op een dag draaide de wind naar het noordoosten en een Siberische kou stortte over het land. Het leven verstarde. De wereld werd één grote ijskristal, de bomen en dakranden hingen vol lange, dunne ijspegels als diamanten dolken, de zon was een waterige, lichtgele vlek aan een leigrijze hemel. De ruiten vroren dicht, zodat binnen een diffuus en geheimzinnig licht hing. De eerste sneeuw viel in dichte, dikke vlokken. De volgende dagen sneeuwde de wereld toe, zodat het land kreunde onder de vracht.

Het leven kromp tot de enkele verwarmde kamers: de keuken, de eetkamer en een paar slaapkamers, maar deze intimiteit leek de somberheid te verjagen. Rutger kwam steeds vaker en steeds langer naar beneden, hoewel Igor ook op zijn kamer een kleine kachel brandend hield. Hij werd een vertrouwde gast in de keuken, waar iedereen aan de aanwezigheid van de Fransman gewend was geraakt. Zijn Russisch werd steeds beter en hij hield lange gesprekken met de bedienden. De mens is zichzelf een raadsel, dacht hij verbijsterd. Ik was alleen geïnteresseerd in militaire problemen, in strategie en ballistiek, in vuurmonden en kalibers en nu blijk ik een echte talenknobbel te bezitten. Voor Russisch nota bene!

Hij genoot van de sneeuw die de wereld puur en zuiver maakte, die de steppe omtoverde tot een eindeloze vlakte waarop overdag de zon schitterde en waarboven zich 's nachts een glorieuze sterrenhemel welfde.

De chirurgijn was al weken niet meer op bezoek geweest en Rutger vroeg zich af hoe het verder moest. Volgens het weinige nieuws dat hij van de oorlog hoorde, rukte Napoleon op naar Moskou en was zijn leger erg gehavend, hoewel de Russen nog altijd geen slag hadden geleverd. Moest hij wachten tot het leger langs dezelfde weg terugkeerde – als glorieuze overwinnaars met wapperende vaandels of als overwonnen vluchtelingen? Moest hij op eigen krachten naar huis terugkeren of moest hij afwachten wat de Russen met hem van plan waren?

Hij sprak er de notaris over aan.

'Komt tijd, komt raad', zei die. 'Zelfs voor jou. Of jouw mensen komen terug en nemen je mee, of je wordt naar Minsk gebracht en vandaar naar Sint-Petersburg of Moskou. Weet je, Fransman... ik zal je missen. Je aanwezigheid waar ik zo tegenop heb gezien, je gesprekken... de avonden zullen nooit meer dezelfde zijn.'

'De tijd', zei Rutger, zijn eigen gedachten volgend. Hij schudde het hoofd. 'De tijd is een bedrieger. Hij wiegt je in slaap. Morgen, zegt hij, alsof die morgen een zoete belofte is. Volgende week. Volgende maand. In dit huis waar ik te gast ben...' hij keek op, 'ik zal jullie nooit voldoende dankbaar kunnen zijn voor deze gastvrijheid... in dit huis fluistert hij het telkens weer in mijn oor: morgen, maar morgen verstrijkt en alle volgende dagen zijn als eendere kralen aan een snoer.'

'Je hebt gelijk', zei de notaris na een lange stilte. 'Komt tijd, komt raad, is een leugen. De tijd stroelt als water door de kom van je handen en laat je achteraf verbaasd achter. Is er al een maand voorbij, een jaar? En op een dag ben je oud, is je lijf versleten, je hart aan het eind van zijn krachten en zijn je gedachten moe. Je kijkt vanuit de deur van je hut of je kasteel naar het land dat nauwelijks veranderd is en je denkt: hij heeft me bedrogen, die zoet fluisterende tijd.' Voor het eerst sinds lang blonk er weer een zwak licht in zijn ogen. 'Het verbaast me dat een jongeman als jij zulke gedachten heeft, zelfs al ben je op dit ogenblik een gevangene. Ze passen meer bij een man van mijn leeftijd.'

'In het leger word je vlug oud', zei Rutger. 'In het leger van Napoleon dubbel zo vlug.'

Zijn ogen zochten de blik van Elena. Zou hij in haar ogen een oude man zijn?

Zij herinnerde zich wat ze had opgeschreven. *Zo zijn mijn grijze dagen gevuld met bitterheid.* En in die grijze woestijn... ze durfde haar gedachten bijna niet af te maken, daar waren de uren met de Fransman als oases.

Het sneeuwde op de steppe. De wereld was stil en wit. Het laatste licht van de dag doofde.

*

Zware soldatenlaarzen daverden op de trappen, baanden zich dreunend een weg door de gangen, deuren werden knallend open- en dichtgegooid, pistoolschoten echoden in zijn hoofd. Pistolen die vanaf een armlengte afstand werden afgevuurd, zodat de hete vlam zijn gezicht schroeide en de scherpe geur van buskruit zijn neusgaten vulde.

'Meekomen! Opschieten!'

Barse kozakkenstemmen galmden door zijn kamer, botsten tegen de muren en vervloeiden met de ontploffingen tot een barbaarse kakofonie.

Rutger vloog overeind, gooide de dekens van zich af en sperde zijn ogen wijd open.

De kamer was leeg en donker, maar achter de gordijnen sijpelde het eerste licht van de dag naar binnen. Opgelucht liet hij zich achterover zakken, even hingen flarden van zijn boze droom nog om hem heen. Toen hoorde hij opgewonden geroep en rennende voeten en dat was geen droom.

Hij schoot in zijn kleren en haastte zich zo vlug zijn been het hem toeliet, naar beneden.

In de hal klampte Igor hem aan.

'Meneer de notaris...' zei hij. Zijn bochel schokte, zijn stem stokte en tranen liepen over zijn gezicht.

'Een ongeluk?' vroeg Rutger.

Igor antwoordde niet meteen. Blijkbaar wilde hij het op zijn manier vertellen. Het verhaal zoals het in zijn hoofd was gegroeid en dat geleidelijk zijn eigen vorm van waarheid kreeg.

'Ik bracht hem zoals elke morgen zijn glaasje wodka.' Hij keek schuldbewust. 'Dat moest stiekem gebeuren, want juffrouw Elena kon zich daar vreselijk over opwinden.'

'En?'

'De gordijnen waren potdicht. Dat zijn ze altijd en daardoor is het stikdonker in de kamer. Ik zette de kaars op de tafel en stak de lamp aan.'

Zijn fladderende handen gebaarden als om de handelingen in de lucht opnieuw uit te voeren. Toen greep hij Rutgers jas.

'Eerst had ik het niet eens door. Ik zweer het bij de heilige Fedorus, meneer. Meneer de notaris lag zoals altijd met open mond,

31

maar hij snurkte niet. En toen, opeens, besefte ik dat het in de kamer doodstil was.' Hij sloeg zijn hand voor zijn mond. 'Vergeef me dat woord, de zenuwen, ik weet niet hoe ik het heb.'

'De notaris?' vroeg Rutger, maar hij kende het antwoord al.

'Dood, meneer. Koud en stijf en helemaal dood. Levenloos. Ontslapen. Dood!'

'En juffrouw Elena?'

'Ik ben naar haar kamer gelopen, meneer, en ik heb haar gewaarschuwd. Voorzichtig. Maar zeg me: hoe breng je zo'n boodschap voorzichtig over?'

'Waar is ze?'

'In de kamer van meneer de notaris. Met Natalja.'

Rutger liet de man staan en liep de gang door. Hij moest Elena bijstaan, haar steunen op dit ogenblik. De deur stond open en hij stapte zonder te kloppen naar binnen.

Het rook duf in de kamer. Net als de tijd stond de lucht er stil. En Rutger begreep: voor de notaris waren zowel tijd als ruimte stilgevallen. Hij dacht aan hun gesprek van de vorige avond. *En op een dag ben je oud, is je lijf versleten, je hart aan het eind van zijn krachten en zijn je gedachten moe...* Het had verbitterd geklonken, maar zonder opstandigheid. Een vermoeide man zonder vechtlust. Nu zou de tijd de notaris nooit meer bedriegen, hij had de hele eeuwigheid voor zich.

'Juffrouw Elena', zei Rutger.

Hij wachtte even, want het was voor het eerst dat hij haar zo rechtstreeks aansprak, dat zijn ogen zo dwingend de hare zochten en dat hij zijn stem aan het eind liet zweven, wachtend op een antwoord.

'Graaf van Coudenberghe.'

Haar stem klonk gesmoord. Ze stond aan het hoofdeind van het bed en het licht dat door de halfgeopende gordijnen viel, lag als een halo om haar hoofd. Ze huilde zachtjes en Natalja probeerde haar onhandig te troosten.

'Ik bied u mijn deelneming aan, juffrouw Elena.'

'Dank u, graaf.'

'Sascha is om de chirurgijn', zei Natalja. Het klonk alsof ze iemand om God de Vader zelf had gestuurd, maar zelfs daarvan weinig heil verwachtte.

Rutger keek Elena recht in de ogen. Gebrande hazelnoot en honing, wazig van de tranen. In haar verdriet ziet ze er nog wonderlijker uit, dacht hij.

'Als er iets is wat ik voor je...'

De grote koperen deurbel klingelde, voetstappen kletterden in de hal en de chirurgijn holde de trap op.

Hij liep recht naar het bed, bekeek de dode, lichtte zijn oogleden op, hield een spiegeltje voor zijn mond en stak argwanend zijn neus in het glas dat omgevallen naast het bed lag.

Hij snoof, kneep zijn ogen tot spleetjes en zei: 'Ik vertrouw het niet. Zien jullie zijn pupillen? De vlekken op zijn gezicht? Ik heb hem af en toe arsenicum voorgeschreven. Een minieme hoeveelheid in een glas water om gemakkelijker in te slapen.'

Hij stak opnieuw zijn neus in het glas en keek daarna aandachtig naar de bodem.

'Er zijn nog sporen. Misschien heeft hij het opgespaard. Misschien heeft hij gisteravond...'

'Bedoelt u...' vroeg Elena. Ze keek hem verbijsterd aan. 'Bedoelt u dat vader...?'

Ze kreeg het vreselijke woord niet over haar lippen.

'Hij bedoelt helemaal niets', zei Rutger bars, met een woedende blik op de chirurgijn. 'Je vader is gestorven in zijn slaap. Zijn gezondheid was toch al niet zo best.'

De chirurgijn haalde de schouders op. 'Natuurlijk. Als u het zegt...'

'Maar daarnet zei u nog dat hij misschien...' zei Elena wanhopig.

'Ik weet zeker dat de dokter daar niets mee bedoelde, Elena', zei Rutger.

Hij legde zijn hand op haar arm en voelde hoe ze rilde.

'Hij wilde je zeker niet overstuur maken.'

Het is tijd om te stoppen met stommetje spelen, dacht Rutger. Je vader is dood en of ik een Fransman en een vijand van jouw geliefde Rusland ben of niet, verandert daar niets aan. Je zult met me moeten praten, me vertrouwen. Je hebt geen keuze meer.

Ze boog het hoofd.

'Dank je, graaf...'

'Rutger', zei hij. 'Alleen maar Rutger.'

Hij greep haar elleboog en dwong haar zachtjes naar de deur. Eerst ging ze naar de kast, nam daar een bruin flesje uit en stak het in haar zak.

'Natalja en Igor zullen hier het nodige doen', zei Rutger. 'Jij moet beslissen wanneer je vader begraven wordt. Je moet een priester waarschuwen en...'

Opnieuw luidde de bel.

'Dat is de pope', zei Elena. 'Sascha heeft de staljongen gestuurd om hem te waarschuwen.'

De pope stapte het huis binnen alsof hij er bezit van nam. Hij had een lange, warrige baard die zijn halve gezicht bedekte, en lang, in slordige pieken neerhangend haar. Op zijn borst droeg hij een groot metalen kruis aan een zware ketting. Met brede gebaren zegende hij het huis en de bewoners, die onderdanig neerknielden.

Daarna voerde hij boven het lijk een aantal rituelen uit die Rutger niet kon thuisbrengen.

'Hij is een heilige man', fluisterde Elena.

Rutger haalde de schouders op. In dit land van uitersten was niets gewoon. Elke slordige pope was een heilige!

'Een priester', zei hij en hij bedoelde: zoals er duizenden zijn.

'Fransen zijn heidenen', zei Elena. 'Alle mannen in dat ketterse leger van Napoleon. De meeste priesters zijn alleen maar priesters. Maar enkelen zijn heilige mannen. Hij is een van hen.'

Uit het dagboek van Elena Warowska

Vader is gestorven. Ik kan de vreselijke woorden koel en afstandelijk neerschrijven alsof zijn dood niet een einde maakt aan alles wat me lief en vertrouwd is. Hij was in deze barre wereld mijn enige familie. Ik heb altijd geweten dat vader een echtgenoot voor me zou zoeken

als ik daar oud genoeg voor zou zijn. Ik zou een eigen gezin hebben,
een man en kinderen en hij zou er nog altijd zijn. Voor mij. Voor zijn
kleinkinderen. Daarna... Niemand heeft het eeuwige leven, ook vader
niet. Ik ben nuchter genoeg om dat te beseffen. Maar doodgaan
mocht hij pas als ik daar klaar voor was.

Tranen drupten op het blad en maakten lichtblauwe vlekken, een
beetje als de luchten die ze in haar aquarellen zo graag boven de besneeuwde steppen schilderde.

De bedienden kijken me anders aan. Ze wachten vol angst op de be-
slissingen die ik moet nemen. Igor en Sascha proberen in mijn ogen
te lezen of ze kunnen blijven en Mirka, de staljongen, schrobt Veulen
drie keer per dag met nooit geziene ijver. Beslissingen. En ik moet ze
in mijn eentje nemen.
Er is in het huis en in het dorp – en dat betekent in de hele wereld –
maar één man die me helpt en alle heiligen van ons geliefde Rusland
mogen me mijn zwakheid vergeven, maar het is de Fransman. Ik heb
mijn belofte verbroken. Ik heb met hem gepraat en zal het opnieuw
doen. Ik zal de pope om een penitentie vragen voor deze en alle vol-
gende zonden.
Ik ben bang. Mijn angst voor wat onafwendbaar komen moet, is zelfs
nog groter dan mijn verdriet.

*

Die nacht hielden ze de dodenwake: Elena, alle leden van de huis-
houding, Rutger en een groot aantal dorpelingen, vrouwen in zwarte
omslagdoeken en mannen met wilde baarden, gekleed in donkere
kaftans. De eetkamer zat afgeladen vol en het rook er naar pas gevallen sneeuw, naar ongewassen lijven, naar tabak en naar de wodka die door Natalja kwistig werd geschonken in kleine glaasjes waar
de drank als een bel bovenop stond. De wind huilde om de muren,
de vlammen van het haardvuur laaiden hoog op en de schaduwen
van buiten slopen tot in de harten.

Er werd veel gebeden, waarbij de vrouwen om beurten voorbaden, en veel gezongen, droeve melancholische liederen, waarvan Rutger een krop in de keel en een doffe pijn in de borst kreeg. Wat is dit voor een volk, vroeg hij zich af, dat de weemoed in zijn ziel lijkt te dragen, maar dat ondertussen vreet en zuipt?

Af en toe stond een man op om te vertellen. Er was dan altijd wel iemand die wat uitleg in Rutgers oor fluisterde. 'Dit is het verhaal van de koning met het magische zwaard die maagden mee uit rijden nam, maar altijd alleen terugkeerde.' Of: 'Dit is het verhaal van het dorpshoofd dat verliefd werd op een schaduwmeisje dat niet ouder werd in de uren dat hij bij haar was.'

Hij begreep niet wat deze verhalen met de notaris te maken hadden en vond het een vreemde manier om afscheid te nemen van een dode, maar er was wel meer vreemds in dit sombere land met zijn ondoorgrondelijke bewoners.

In de dagen die volgden, bad en huilde Elena, maar de hemel bleef doof en gesloten voor haar gebeden en in de slapeloze nachten ontdekte ze dat ze littekenweefsel op haar verdriet kon kweken, waardoor ze ook de volgende donkere dagen aankon.

De notaris werd begraven op een grijze dag die nog meer sneeuw voorspelde. Het was barbaars koud. De zon was een schijf mat ijs, de lucht die ze inademden brandde in hun longen en de kou sneed tot in hun botten.

De slede met de kist gleed door het troosteloze witte land en Rutger liep naast Elena, kouwelijk weggedoken in zijn lange soldatenjas. De sneeuw knerpte onder hun laarzen op het ritme van hun stappen. Op het kleine kerkhof met de witgehuifde grafstenen raffelde de pope zijn gebeden af – de heilige man heeft het koud of verlangt naar zijn middagmaal, dacht Rutger – terwijl de grafdelvers af en toe nippend aan een jeneverfles ongeduldig wachtten.

Toen ze de kist met touwen in de groeve neerlieten, barstte Elena opnieuw in tranen uit. Haar schouders schokten en er was alleen Rutger om zijn arm troostend om haar heen te slaan. Even leunde ze tegen zijn schouder.

De dorpelingen schoven zwijgend langs het open graf, gooiden een bevroren kluitje aarde op de kist en haastten zich dan naar huis, maar de laatste van hen bleef treuzelend wachten. Het was een lange, zware man met een bleek, pafferig gezicht. Hij droeg een lange, lichtgrijze bontjas en bontmuts die er allebei even kostbaar uitzagen.

'We moeten praten', zei hij tegen Elena.

Rutger keek haar vragend aan.

'Pjotr Rastojewi', zei ze.

Rutger meende afkeer in haar stem te bespeuren.

De man boog, stroef als een oudgediende.

'Rentmeester van wijlen meneer de notaris en uw dienaar.'

'Je kunt langskomen', zei Elena. 'Ik dacht Sascha naar je toe te sturen, want ik wil een overzicht van de zaken van mijn vader. Ik zal je vergoeden voor je diensten, maar vanaf vandaag zal ik alles zelf regelen.'

Hij grijnsde onbeschaamd.

'Er valt nog maar weinig te regelen, juffrouw Warowska, tenzij u het over de schulden van uw vader wilt hebben.'

'Schulden?'

Vol leedvermaak ging hij verder. 'Er is geen kapitaal meer over, de juwelen van wijlen uw moeder zijn verpand, de bezittingen zijn verkocht op het landhuis na en de notaris had meer schulden dan dat waard is.'

'Ik ken u niet, meneer,' zei Rutger, 'maar uw toon en uw woorden op deze plaats en op dit ogenblik bevallen me niet. En verder geloof ik geen jota van wat u vertelt.'

Zijn stem klonk even koud als de snijdende wind. Maar ondertussen dacht hij: is dat de reden waarom de notaris zelfmoord heeft gepleegd? Niet uit levensmoeheid, maar uit angst voor het faillissement dat onafwendbaar voor hem stond?

De man boog spottend.

'De Fransman, als ik me niet vergis.' Hij keek veelbetekenend naar de arm die Rutger nog altijd rond Elena's schouder hield. 'En blijkbaar de vriend des huizes.' Zijn mond plooide in een misprijzende grijns, uit zijn blik sprak haat. 'Sommigen zeggen dat u van adel bent, maar hier in Rusland bent u alleen maar een ordinaire krijgsgevangene. Een Frantsas!' Hij spuwde op de grond. 'Misschien moet ik maar eens met mijn vriend de garnizoenscommandant van Minsk gaan praten', dreigde hij.

Rutger negeerde hem en leidde Elena naar de wachtende slee. Over haar schouder heen zei ze: 'Vanmiddag verwacht ik je, Pjotr Rastojewi.'

En Rutger voegde eraan toe: 'Als je je beschuldigingen hard wilt maken, kun je maar beter alle bewijsstukken meebrengen.'

Achter zich hoorden ze de kluiten met doffe slagen op de kist ploffen.

Elena kromp ineen en Rutger besefte dat het lot de toekomst van dit Russische meisje in zijn handen had gelegd. Het was een zoete en tegelijk verontrustende gedachte.

Het begon opnieuw te sneeuwen en de wind joeg de dikke vlokken in een wervelende dans op, zodat de wereld om hen heen verdween. In de verte krasten kraaien de witte stilte aan stukken.

*

In de salon spreidde Pjotr Rastojewi met een brede zwaai de papieren over de tafel uit. Enkele waren gezegeld met rode lak, andere gewoon haastig neergekrabbeld op een vodje. Rutger kon de cyrillische tekens niet lezen, maar Elena doorbladerde ze met een lijkbleek gezicht en zei: 'Schuldbekentenissen, speelschulden, verkoopakten, hypotheken, en overal staat vaders handtekening. Het ziet er allemaal erg officieel uit.'

Ze omknelde de rand van de tafel zo hard dat haar knokkels wit werden.

'Blijkbaar heeft vader telkens opnieuw verkocht, verpand en geleend om dit huis te kunnen houden, om het loon van de bedienden te betalen, mijn jurken, mijn muziek- en literatuurlessen, geld om de vorige winter in Sint-Petersburg door te brengen, de schouwburgen daar, de rijtuigen... Om mij het leven te laten leiden dat hij voor me droomde. Arme vader. Waarom heeft hij me niet in vertrouwen genomen?' Ze sloot de ogen. 'Dacht hij echt dat die luxe belangrijk voor me was?'

Ze rechtte haar rug.

'En nu, Pjotr Rastojewi?' vroeg ze, de man recht in de ogen kijkend.

Al die tijd had hij triomfantelijk grijnzend, wijdbeens en met gekruiste armen in het midden van het vertrek gestaan.

'Nu? Nu ligt de beslissing bij u, juffrouw Warowska.'

Plotseling schuifelde hij met zijn voeten en klonk zijn stem onzeker.

'U verkoopt het kasteel. Ik bied u een prijs die hoger ligt dan de schulden van mijnheer uw vader, zodat u nog wat zakgeld overhoudt. U zult wel ergens familie hebben waar u terechtkunt. Of u kunt hier blijven wonen. Uw eigen kamer, uw eigen bedienden...'

Hij aarzelde en kreeg een kleur.

Rutger had de indruk dat hier een slechte komedie werd opgevoerd. Een van die talloze Parijse boulevardstukken waarin oude verliefde rentmeesters jonge berooide erfgenamen ten huwelijk vroegen en steevast het deksel op de neus kregen, tot groot jolijt van het publiek. Maar in die stukken verscheen ook steevast een jonge minnaar ten tonele om het meisje te redden...

Met een theatraal gebaar legde Pjotr Rastojewi zijn hand op zijn hart.

'U moet beseffen wat ik voor u voel, juffrouw Elena. Misschien kunnen we dit gesprek onder vier ogen voortzetten. Het is toch niet nodig dat zo'n krijgsgevangene...'

'Graaf van Coudenberghe blijft', zei Elena.

'Het spijt me, maar ik kan onderwerpen die zo persoonlijk zijn niet bespreken in zijn bijzijn.' Plotseling tutoyeerde hij haar, alsof hij op die manier een nieuwe vertrouwelijkheid tussen hen wilde scheppen. 'Begrijp me, Elena, ik ken jou van kindsbeen af, waarom zouden we geen oplossing kunnen vinden waar we allebei beter van worden. Ik kan heel erg genereus zijn, als jij... je bent jong en mooi, we zouden samen toch...'

Hij slikte. Zijn adamsappel wipte op en neer.

Niet eens een huwelijksaanzoek, dacht Rutger. Wat hij voorstelt is een ordinaire affaire. De schoft!

Ook Elena leek dat te beseffen.

'Verdwijn', zei ze verontwaardigd en met hoogrood gezicht, nog voor Rutger tussenbeide kon komen.

'Verdwijn onmiddellijk uit dit huis of ik laat je door de knechten eruit gooien.'

'En laat je hier nooit meer zien of je zult de laars van zo'n Frantsas voelen', zei Rutger driftig.

Pjotr Rastojewi grabbelde de papieren bij elkaar en liep gemeen grijnzend en met lange stappen naar buiten.

Bij de deur keerde hij zich nog één keer om.

'Hier zul je nog erg veel spijt van krijgen', zei hij.

3.

Opnieuw liepen de geruchten door het besneeuwde land. Het was vooral Igor die ze naar binnen bracht. Rutger dacht weleens dat zijn bochel ze opving zoals brieven in een ransel werden gestoken.

Geruchten. Het Franse leger had Moskou ingenomen, generaal Koetoesow had de hoofdstad zonder slag of stoot aan Napoleon uitgeleverd, net zoals hij dat met alle andere dorpen en steden onderweg had gedaan.

'Met zijn duizend kerken', zei Igor. Hij maakte een breed gebaar alsof hij het bos van torenspitsen voor zich zag oprijzen en het met zijn armen kon omvatten.

Maar voor de Fransen was het een vergiftigd geschenk. Er waren geen voorraden in achtergebleven en de stad werd aan alle kanten in brand gestoken.

'De stad, de hemel... alles, een zee van vuur en vlammen...'

Igors verbeelding schoot duidelijk tekort om het inferno te beschrijven.

En nu waren de Fransen al op de terugweg.

'Door de sneeuw', fluisterde Igor. 'Door de ijzige kou.'

Zijn stem klonk even scherp als de wind die van de noordpool over het land heen viel en zijn toehoorders huiverden.

'Prooien voor vadertje winter, de beste van onze generaals. De meest meedogenloze. De Fransen sterven als kraaien die uit de lucht vallen. Ze liggen bevroren langs de wegen.'

Er werden ontzaglijke cijfers genoemd. Tienduizenden doden, honderdduizenden... van het immense leger restten alleen nog een paar uitgedunde eliteregimenten en ongeregelde benden die stropend door de sneeuw ploeterden in hun radeloze vlucht naar het westen. Elke dag werd het leger kleiner.

'Als een gletsjer', zei Igor en Rutger wist dat hij ook dat beeld ergens had opgevangen en in zijn bochel had gestopt. 'Een gletsjer die in alle richtingen afkalft.'

Geruchten, maar Rutger begreep dat ze niet verzonnen waren.

41

Hij vroeg zich af hoeveel van zijn vrienden Frankrijk zouden bereiken voor de winter en de kozakken hen inhaalden. Hij zag hoe velden en wegen verdwenen onder opgestuwde lagen sneeuw, de ene
richel na de andere, een gestolde zee tot aan de horizon en hij huiverde bij de gedachte daarin rond te moeten dwalen.

Het dorp was totnogtoe gespaard gebleven van alle oorlogsge-
weld, maar vier dagen na de begrafenis strompelden soldaten door
het hek van het landhuis het park in. De voorsten hielden hun musketten in de aanslag, om zich heen loerend om het gevaar in te
schatten, de anderen keken onverschillig. Het was een haveloze
troep, toevallig samen gewaaid; kanonniers, huzaren en grenadiers,
met buitgemaakte Russische laarzen en bontjassen over hun verhakkelde uniformen en bebloede lompen, met verstijfde gezichten, het
ijs en de sneeuw vastgevroren in hun baard. Ze trokken een slee
waarop twee gewonden lagen en ze leken uitgeput.

Rutger sprong hen tegemoet.

'*Amis!* Franse vrienden! Hierheen!'

De voorsten keken achterdochtig, de anderen wachtten gelaten af.

'Rutger van Coudenberghe, ritmeester van het derde regiment
verkenners, gewond en gevangengenomen in de zomer bij het begin
van de veldtocht', riep Rutger om hun wantrouwen weg te nemen.

Hij struikelde haast over zijn woorden, zo blij was hij om na al
die tijd Franse kameraden te ontmoeten.

'Wees niet bang, dit zijn goede mensen.'

Hun gezichten klaarden op en hij leidde hen naar de keuken
waar ze rond de enorme betegelde oven samendromden. Hij liet Igor
de oven gloeiend stoken en Natalja hete soep uitschenken en zag
hoe de verkleumde handen van de mannen nauwelijks de kommen
konden vasthouden.

'Eén dag', zei hij tegen Elena, die het schouwspel vanuit de deur-
opening met gefronste wenkbrauwen gadesloeg. 'Laat deze stum-
pers één dag op krachten komen. Alsjeblieft. Ik weet dat je een vuri-
ge patriot bent en dat je elke Frantsas verafschuwt, maar ik beloof je
dat ik morgen samen met hen verdwijn. Uit je huis en uit je leven.'

Ze schudde het hoofd.

'Ik had niet gedacht dat ik deze woorden ooit zou uitspreken, Rutger. Voor ik jou kende, zou ik deze bende...' Ze aarzelde. 'Ik zou de militie van het dorp erbij hebben gehaald en ik zou ze hebben uitgeleverd in de vaste overtuiging dat ik het vaderland een dienst had bewezen, zelfs als de militieleden ze zouden opknopen of fusilleren. Maar nu... Voor mijn part kunnen ze blijven. In de paardenstal in het hooi is het warm. Daar kunnen ze slapen. Ik laat de chirurgijn komen om hen te verzorgen.'

Ze keek hen vol medelijden aan.

'Een aantal van hen heeft bevroren voeten en vingers en neuzen. En als ze verder trekken, morgen of overmorgen, zoals ze zelf verkiezen, zal Natalja ze proviand voor een paar dagen meegeven.'

Rutger kon nauwelijks geloven dat dit dezelfde Elena was die maandenlang halsstarrig tegen hem had gezwegen, alleen omdat hij Fransman was.

'Dank je, Elena.'

'Maar ik wil niet dat jij samen met hen gaat rondzwerven', zei ze fel. 'Heb je hun gezichten gezien? In hun ogen woont de dood. Die haalt hen in. Binnen een week, binnen twee weken... Als het de partizanen of de kozakken niet zijn, dan doet de winter wel zijn werk.'

'We behoren tot hetzelfde leger, Elena', zei Rutger mat. 'Hun keizer is mijn keizer en hem heb ik trouw gezworen. Als het lot het anders had beslist, dan had ik hier in dezelfde toestand kunnen binnenvallen en had jij me uitgeleverd.'

'Nee', hield ze hardnekkig vol. 'Niet jij. Niet na al die maanden. En daarbij: ik heb je nodig.'

Die avond, terwijl de chirurgijn zijn pijnlijke werk verrichtte en de pijnkreten geregeld hun woorden overstemden, sprak Rutger lang met de sergeant die de groep aanvoerde. Over de eindeloze weg naar Moskou, de genadeloze zomer met zijn brandende zon, die je hersenen kookte en de gedachten in je hoofd deed verdampen, een weg met dysenterie en deserteurs, elke dag weer.

'Telkens opnieuw haalden we de Russen in, lagen hun troepen binnen het bereik van onze kanonnen. De keizer en de generaals bereidden de slag voor tot diep in de nacht, maar 's morgens lag het

Russische land verlaten en was het leger verdwenen. Opgelost als een spookleger in de verdomde oneindigheid van de steppe. De kanonnen bleven stom, de *carrés** werden ontbonden en de wanhoop nam toe.'

Dan vertelde hij over hun intocht in de gouden stad, over de zon die schitterde in de duizend torens, over de branden die dezelfde avond nog in alle hoeken van de stad gelijktijdig waren opgevlamd. Over de paniek die volgde en de chaos waarin niemand nog orde had kunnen scheppen: muitende regimenten, ordinaire plunderbenden, dronken soldaten, op hol geslagen paarden en dat alles in brandende straten met instortende gebouwen, met smeulend puin dat elke doorgang versperde.

'De hel', zei hij en Rutger probeerde zich van dat hellevuur een voorstelling te maken, maar ook zijn fantasie schoot tekort.

'Tegen een volk dat zijn eigen hoofdstad in brand steekt, kun je geen oorlog winnen', besloot de sergeant gelaten. 'Zelfs onze keizer niet. Hij heeft gewacht op een voorstel van de tsaar en kostbare weken zijn verloren gegaan. We leefden in de half verbrande stad tussen goud en zilver, bont en zijde. Er waren vrouwen die het leger overal volgden en buitgemaakte Russinnen en er was sterke drank in overvloed, maar eten was er nauwelijks.'

Ook over de verschrikkelijke terugtocht vertelde hij. Over de eindeloze sneeuw waarin kanonnen en wagens wegzakten tot ze achtergelaten werden, de sneeuw die je 's nachts bedolf zodat je jezelf 's morgens moest uitgraven, die door de wind in een wervelend gordijn om je heen werd gejaagd tot je geen windstreek meer herkende en hopeloos verdwaalde. Over de ijzige kou die je adem bevroor en een ijskorst vormde op je lippen, over de wind die tot in het merg van je gebeente drong. Over de oversteek van de Beresina waar de keizer zelf een dag lang langs de oever van de stroom had geijsberd tot het restant van zijn troepen veilig aan de overkant was.

'De keizer?' vroeg Rutger. 'Is hij ongedeerd?'

Dat was nog altijd belangrijk, want een leger zonder aanvoerder

* Carré: vierkante slagorde.

was als een willoze kudde, klaar voor de slachtbank. En daarbij: de keizer was het symbool van alles waarin Rutger geloofde.

'Hij is op de vlucht, net als wij. Met zijn generaals en de resten van de Oude Garde. Ze zullen wel ergens sleeën en paarden opeisen en vóór ons in Parijs zijn.'

'Jullie kunnen hier blijven zolang jullie willen. De vrouw des huizes...'

'Dat meisje?' vroeg de sergeant verbaasd. 'Ze is hooguit zestien!'

'We hebben haar vader net begraven. Nu heeft zij het hier voor het zeggen. Ze biedt jullie onderdak.'

'Dat zullen haar landgenoten niet op prijs stellen', zei een van de soldaten. 'Voor hen is alleen een dode Fransman een goede Fransman.'

'We kunnen altijd zeggen dat jullie ons gedwongen hebben. Uiteindelijk zijn jullie gewapend.'

'Toch maar niet', zei de sergeant en zijn mannen die het gesprek volgden, knikten.

'Vandaag, vannacht, eten, slapen, dat is een godsgeschenk waarvoor we haar dankbaar zijn, maar morgen moeten we weer verder. De partizanen zitten ons op de hielen en één dag verliezen kan noodlottig zijn.' Hij huiverde en likte zijn gebarsten lippen. 'Ze zijn verschrikkelijk, kapitein. Ze verspillen zelfs geen kogels meer aan ons. Ze duiken op uit de sneeuwstorm, op witte paarden, in witte mantels, onzichtbaar als witte demonen. Ze slaan ons dood met hun sabels of de kolven van hun geweren en soms...' Hij vermande zich. 'Van Moskou tot hier staan ze in de sneeuw. Rechtop. Soldaten van de keizer door de partizanen met water overgoten en bevroren tot standbeelden. Lugubere wegwijzers voor de restanten van het grote leger.'

Die nacht bleef Rutger bij hen in de stal. Hij laafde de gewonden die ijlden in hun koortsdromen en dacht aan de tienduizenden die ronddoolden in het open veld en zijn hart bloedde.

De volgende dag trokken ze verder, hun tassen vol proviand, vastberaden Frankrijk te bereiken. Rutger liep mee tot aan het hek en keek hen na tot ze achter een sneeuwheuvel verdwenen waren.

'Kom mee, kameraad kapitein', had de sergeant gezegd. 'Na ons komen alleen nog de partizanen. Van hen zal zelfs jouw Russische vriendinnetje je niet kunnen redden.'

Maar Rutger had het hoofd geschud, want Elena had gezegd: 'Ik heb je nodig.'

Hij dacht aan de afloop van de oorlog, aan de definitieve ondergang van Napoleons leger waarin hij nu wel moest geloven, aan Pjotr Rastojewi en zijn papieren, hij dacht vooral aan zijn gevoelens die in dit huis langzaam gegroeid waren en hij wist wat hem te doen stond.

Hij vond Elena in de eetkamer.

Net toen hij binnenkwam, schoof ze haar bord vol afkeer weg.

'Ik krijg geen hap door mijn keel', klaagde ze. 'Als ik denk aan al die mannen buiten in de ijzige kou... Fransen én Russen. Waarom heb je me niet verteld hoe onmenselijk de oorlog is?'

'Je zou me niet geloofd hebben. Voor jou was het allemaal zo eenvoudig: wit of zwart. Goed of slecht. Russische helden en Franse duivels. Hoe slechter die Fransen het kregen, hoe meer er doodgingen, hoe liever jij het had.'

'Je hebt gelijk', gaf ze toe. 'Oorlog was zo'n abstract begrip. Soldaten in parade-uniformen, glorieuze veldslagen waarover dichters zongen. Pijn, angst, vernieling en dood, dat waren woorden waarmee de oorlog beschreven werd, maar ik kon er mij geen voorstelling van maken, ik voelde ze niet, hier, in mijn eigen hart.'

In een ontwapenend gebaar legde ze haar handen op de tafel, de palmen omhoog gekeerd.

'En nu, Rutger, graaf van Coudenberghe, soldaat van de verslagen keizer, zeg me, hoe moet het nu? Met jou, met mij?'

'Ik keer terug naar Vlaanderen. Ze zullen daar al gehoord hebben over de ondergang van de Grande Armée. Over de catastrofe. Ze zullen niet weten of ik nog in leven ben. Ze zullen de kranten uitpluizen en uitkijken over de lange laan van het kasteel naar het dorp en ze zullen doodongerust zijn.'

Ze knikte, want spreken kon ze plotseling niet meer. Haar keel zat dicht van angst en verdriet. Als hij wegging, dan waren er alleen nog Natalja, Igor en Sascha. Wie zou haar beschermen tegen Pjotr Rastojewi? Wie zou haar gezelschap houden tijdens de lange avonden?

'En jij gaat met me mee.'

Met een ruk ging ze rechtop zitten en keek hem ongelovig aan.

'Ik? Meegaan naar *Flandrija*?'

'Ik heb hier veel over nagedacht, Elena. Wat houdt je hier? Pjotr Rastojewi zal terugkomen, volgende week of volgende maand, en zijn rechten opeisen. Al zijn rechten. Al ben je nog meer meisje dan vrouw, toch begrijp je wat dat betekent. Mij zal hij uitleveren aan de partizanen of aan de autoriteiten, veel verschil zal het niet maken. Dit kasteel zal verkocht worden. Je hebt geen familie, waar wil je heen? Zul je bij hem blijven tot hij je beu wordt? Tot hij je afdankt als een vervelend speeltje?'

Met gesloten ogen schudde ze het hoofd.

'*Flandrija* ligt aan de andere kant van de wereld, Rutger! Nee! Er moet een andere oplossing zijn. Pjotr Rastojewi zei het al: hij wil genereus voor me zijn als ik...'

Rutger stond op en greep haar handen. Ze waren koud en beefden en hij koesterde ze in zijn grote handen.

'Wil je met me trouwen, Elena?'

Een oneindig ogenblik lang zat ze roerloos met wijd opengesperde ogen, toen rukte ze zich los en vluchtte naar de keuken. Daar viel ze met een hoogrood gezicht Natalja om de hals.

'Hij wil met me trouwen!'

'Rustig, mijn duifje. Pjotr Rastojewi kan niet met je trouwen, hij heeft al een vrouw. Wat hij van je wil, dat verstaat elke vrouw zonder woorden.'

'Niet Pjotr Rastojewi, Natalja, maar Rutger, de graaf. De Frantsas! Hij wil met me trouwen.'

Langzaam maakte Natalja Elena's handen los van haar nek en hield haar op een armlengte afstand.

'De voorspelling', zei ze ernstig.

'Begin daar niet over', zei Igor bars. 'Maak haar hoofd niet gek. Voorspellingen zijn bijgeloof. Kletspraat van vrouwen.'

'Bemoei je niet met zaken waar je geen verstand van hebt', snauwde Natalja en tegen Elena, die haar aankeek met ogen vol vraagtekens, ging ze onverstoorbaar verder. 'Zes jaar geleden. Je was nog geen negen en je moeder leefde nog. Je vader had een bedelmonnik toestemming gegeven in de stal te overnachten en met ons in de keuken te eten. Voor hij vertrok, legde hij zijn hand op jouw hoofd...'

'En toen kreeg ze luizen', zei Igor luid. 'Van die sterrenwichelaar!' Sascha grinnikte, maar Natalja liet zich niet afleiden.

'... en hij voorspelde dat je een grote liefde zou vinden in een ver land.' Ze knikte vol overtuiging. 'Een ver land, Elena. Flandrija ligt aan de zee en de wereld eindigt er. De voorspelling, mijn duifje!'

'Vrouwengeklets', zei Igor.

Elena wist niet of ze er blij om moest zijn. Misschien waren er nog verdere landen. In het oosten of in het zuiden of over de zee. Misschien had de bedelmonnik die bedoeld.

'Ik krijg het niet warm als ik naar hem kijk, Natalja, mijn hart wordt geen veulen in een lentewei, ik wil niet lachen en huilen tegelijk, mijn bloed danst niet – en dat is toch wat dichters liefde noemen. Zeg me, Natalja, hoe kan ik dan met hem trouwen?'

*

Rutger van Coudenberghe wist dat het lot de beslissingen in zijn plaats had genomen. Hij geloofde niet in het toeval. Dat hij als een van de weinigen de overval van de kozakken had overleefd, dat de militaire autoriteiten hem niet aan de eerste de beste boom hadden opgeknoopt, maar hem juist in dit huis hadden ondergebracht, dat de notaris precies nu was gestorven en dat een schoelje als Pjotr Rastojewi Elena in zijn klauwen had, dat was geen toeval, dat had het lot zo geregeld. Hij wist dat hij geen keuze had.

De avond viel voordat hij Elena terugzag. De lucht achter de dichtgevroren ramen werd paarsblauw en even hing een wondere schemering in de eetkamer, waar lavendelkleurige schaduwen de hoeken van de kamer en de ruimten tussen de balken vulden.

Hij greep haar handen. 'Ik ben de hele dag op mijn kamer gebleven', zei hij. 'Ik wilde je tijd geven om na te denken. Maar ik moet een antwoord hebben, we zijn hier niet langer veilig. Elena, wil je met me trouwen?'

Hij zei niet: ik wil met je trouwen omdat ik van je hou. Hij zei ook niet: ik wil met je trouwen omdat ik je in die maanden lief heb gekregen, ook toen je tegen me zweeg, zeker toen je tegen me zweeg. Hij zei niet: ik wil met je trouwen omdat ik de rest van mijn leven samen met jou wil zijn.

Rustig, want hij wilde haar niet aan het schrikken maken, zei hij: 'Je bent me in al die maanden dierbaar geworden, Elena. Ik wil je niet meer missen. Ik had best willen wachten tot je hier klaar voor was, maar de omstandigheden laten me geen keuze. Als we die lange reis naar Vlaanderen samen maken, kunnen we beter eerst trouwen, zodat jouw toekomst ook in Vlaanderen zeker is.'

'Ik hou niet van je, Rutger.'

'Nog niet, Elena, maar ik zal alles doen om daar verandering in te brengen.'

'Ik ben een burgermeisje. En een vreemde, erger nog: een Russische! Jouw adellijke familie zal de neus voor me ophalen. Ze zullen op me neerkijken en hopen dat ik zo vlug mogelijk verdwijn.'

Ze voelde zich als wild dat de meute langs alle kanten voelt aankomen en geen uitweg meer ziet.

Ze kon nog wel honderd redenen bedenken om niet met hem te trouwen, maar ze wist dat hij ze allemaal glimlachend zou weerleggen.

'Ze zullen zo blij zijn dat ze me terugzien dat ze jou er ook wel bij zullen nemen', zei hij. 'En daarbij: je zult de mooiste van allen zijn en mijn zusje en al mijn nichtjes en hun vriendinnen zullen jaloers op je zijn. Mijn broer Rafaël is even oud als jij. Zijn gezicht wil ik weleens zien als jij plotseling voor hem staat.'

Ze bloosde.

'Ik ben niet klaar voor een huwelijk, Rutger. Niet klaar voor een man, voor... Je hebt het zelf gezegd: ik ben nog meer meisje dan vrouw.'

Hij legde een vinger op haar lippen.

'Denk daar niet aan. Eerst moet je van me houden. Later, in Vlaanderen...'

*

Toen Elena Rutgers huwelijksaanzoek aanvaardde – en God wist dat het een vreemd aanzoek was – besefte ze niet dat ze de eerste stap zette op de weg naar een onontkoombaar noodlot.

Pope Vladimir Potenin trouwde hen in het ijskoude, houten kerkje. Rutger had voorgesteld de plechtigheid in het kasteel te laten doorgaan, maar Elena had erop gestaan in het kerkje zelf te trouwen. Als het niet kon met alles erop en eraan, met bruidsmeisjes en een kanten bruidsjurk met een lange sleep en genodigden en balalaikamuziek, dan tenminste toch in de kerk.

De ruiten zaten vol witte ijsbloemen en het licht dat erdoorheen viel had een onaardse schittering. Elena droeg haar haren los en het wondere licht legde er een gouden en zilveren glans in.

'Je bent mijn ijsbruid', fluisterde Rutger teder. 'Mijn ijsmeisje van de sneeuwsteppen.'

'Dit had een grote plechtigheid moeten zijn', zei de pope op klagende toon. 'Als jullie gewacht hadden tot de lente, dan was het een bruiloft geworden met bloemen en kransen en linten in alle kleuren, met versierde iconen en armdikke kaarsen, met tientallen bruidsmeisjes en het hele dorp als gasten. Met lange tafels in het park...'

Zijn ogen keerden zich naar binnen en zijn tong likte langs zijn lippen en Rutger wist dat de heilige man in zijn verbeelding de tafels voor zich zag, overladen met heerlijkheden.

De pope vermande zich. Op zijn kaftan zaten vetvlekken en vanuit het woonhuis dat tegen het kerkje aanleunde, klonk een ruziënde vrouwenstem.

'Jullie zijn hierheen gekomen om voor God en de mensen een verbintenis aan te gaan. Rutger Wouter August, graaf van Coudenbergh en Elena Anastasia Anna-Maria Warowska, nemen jullie elkaar tot man en vrouw in de volle betekenis die onze heilige Kerk...'

De formule was ellenlang en Rutger begreep ook niet alle woorden, maar aan het eind keek de pope hen vragend aan.

'Ja', zei Rutger luid.

'Ja', fluisterde Elena.

Haar hand zocht die van Rutger en hij drukte ze geruststellend.

De pope zong met een sonore stem een lied waarvan de klanken hoog in het houten torentje bleven hangen. Toen was de plechtigheid voorbij.

'De officiële papieren', zei Rutger. 'We willen ze vandaag nog hebben.'

De pope protesteerde.

'Volgende week of de week daarna. We zijn hier niet in Moskou.'

Hij slikte. Hij wist niet of het uitspreken van die naam een vloek of een zegen zou worden.

'Nou ja, in Sint-Petersburg of zelfs Minsk. Ik weet niet eens of ik de juiste papiersoort in huis heb voor het document. Begrafenissen kun je altijd verwachten, maar op een bruiloft had ik me niet voorbereid. De inkt is vast bevroren, die moet heel langzaam ontdooien en de lakstaaf zal broos en korrelig zijn en als je er zo mee werkt, wordt het een knoeiboel. Dat willen jullie vast niet.'

Rutger stak hem een rolletje roebels toe.

'Ik weet zeker dat je inkt en lak hiervan ontdooien', zei hij. 'Ik wil de documenten vanavond hebben en dan liggen er nog eens evenveel roebels voor je klaar. Igor zal je met de slee ophalen.'

De pope boog.

'Zoals de graaf het wenst.'

Natalja had een feestmaal bereid en alle bedienden zaten mee aan tafel. Er werd verteld en gezongen – Rutger leken het dezelfde weemoedige verhalen en liederen als bij de begrafenis – en Igor werd dronken en tuimelde snurkend onder de tafel.

'Een bruid die er niet klaar voor is, een feest zonder gasten en een bruidegom uit Flandrija, wat kan daar voor goeds uit komen?' zuchtte Elena.

Maar Rutger boog zich voorover en kuste haar hand. 'Vanaf nu zijn jouw zorgen voor mij, Elena. Ik draag ze.'

*

De slee gleed door de besneeuwde steppe. Elena probeerde nog één keer achterom te kijken, maar achter hen stoof een nevel van zilveren vlokjes op die glinsterden in het zonlicht.

Blijkbaar reden ze een meer zuidwaartse route dan het vluchtende leger, want ze stuitten noch op Fransen, noch op kozakken. In de herbergen waar ze overnachtten, werden ze wantrouwig bekeken – reizigers waren zeldzaam in deze tijd en Rutger droeg niet alleen een sabel, maar ook een pistool opzichtig in zijn gordel – maar omdat ze Russisch spraken en vooraf betaalden, werd er niet verder gevraagd. Ze sliepen in aparte kamers en Rutger was lief en attent, maar hield afstand als hij merkte dat Elena daar behoefte aan had.

De slee schoof verder door de ondergesneeuwde wereld en het was steenkoud. Soms probeerde Elena onder de pelzen zo ver mogelijk van haar echtgenoot weg te kruipen. In haar hoofd gonsde het van de dingen die ze zich absoluut wilde herinneren, maar die haar telkens weer ontschoten en de dingen die ze absoluut wilde vergeten en die haar haarscherp voor ogen stonden.

Zich herinneren: de geur van boekweitkoeken zoals alleen Natalja ze kon bakken, de donkere klanken van de piano die in de schemering even onder de lage zoldering bleven hangen, de sneeuw die soms tot boven de vensters lag, zodat het op de benedenverdieping nooit licht werd – een sprookjeswereld vol paarlemoer waarin ze als kind bang en verrukt tegelijk rondliep – de schaduw van Igors bochel op de muur als hij met zijn grappig slissende stem spookverhalen vertelde, kleine, alledaagse dingen die plotseling een gouden glans hadden gekregen.

Vergeten: het gezicht van haar dode vader, grijs en koud als graniet, met de borstelige wenkbrauwen als dreigende huiven boven de ingevallen ogen, de donkere, broeierige blikken van Pjotr Rastojewi, de stem van de pope: nemen jullie elkaar tot man en vrouw in de volle betekenis... en het vreemde licht dat toen om hen heen had gehangen.

Eenmaal over de Poolse grens haalde Rutger opgelucht adem.

'We zijn veilig', zei hij.

'Wat jij veilig noemt', zei ze. 'Met wegen vol roversbenden. Met Polen en Russen die het nooit met elkaar hebben kunnen vinden. Op dit ogenblik zullen ze elkaars bloed wel kunnen drinken. En ik ben Russische, vergeet dat niet.'

'Struikrovers heb je overal, zelfs in Vlaanderen. En ik heb hier vrienden. Niet alleen in Warschau, maar ook in Lodz, in Kalis, in Poznan. Vrienden die me onvoorwaardelijk zullen helpen. Ook in Duitsland. We zullen over Dresden reizen, over Erfurt, Kassel, Keulen, Aken...'

De namen duizelden in haar hoofd. Ze was nooit verder geweest dan Sint-Petersburg en nu strooide Rutger de steden voor haar uit als kralen op een tafellaken, steden met namen als glanzende edelstenen.

Hij zag haar verbazing.

'In sommige plaatsen heb ik in garnizoen gelegen, andere zijn we voorbijgereden of ik heb er verre familie.'

'En na Aken?' vroeg ze.

'Dan zal het vlug gaan, Elena. Dan zijn we bijna thuis.'

'Thuis', dacht ze en een zware steen woog loodzwaar op haar borst.

Ze ondervond vlug dat Rutger niet overdreven had. Zijn vrienden waren zonder uitzondering gelukkig hem terug te zien. Enkelen staarden hem aan alsof hij uit de doden was verrezen, anderen beweerden dat ze er nooit aan getwijfeld hadden dat hij het zou redden, maar allemaal omhelsden ze hem, klopten hem op de rug en herhaalden telkens weer dat het een wonder was, want dat niet één op de twintig het had gehaald.

Hij stelde hun Elena voor, zijn vrouw!

Zijn ogen glansden van trots en hij lachte om hun verbazing.

'Ik zal wel de enige uit de Grande Armée zijn die gelukkiger terugkeert dan hij vertrok', zei hij. 'Zelfs de keizer kan het me benijden.'

Ze hadden het in elke stad moeilijk om verder te reizen, want overal regende het invitaties. Iedereen wilde kennismaken met graaf van Coudenberghe, die wonderbaarlijk aan de catastrofe was ontsnapt, en met zijn Russische bruid, van wie in de salons gefluisterd werd dat ze een exotische schoonheid was.

'En jong! Heel erg jong!'

Ze kregen goud en documenten om over de onveilige wegen te reizen en risten waarschuwingen.

'Europa is veranderd, Rutger, overal rommelt het, er breken opstanden uit tegen het Franse bewind. Als Parijs niet meer met ijzeren vuist dicteert, schiet het verzet overal op.'

'Er is een toenemende afkeer voor de dienstplicht in het leger van Napoleon! Wie wil zijn zoon nog aan hem afstaan? Zeker niet diegenen die de stakkerds uit Rusland hebben zien terugkeren. En al die anderen, die weten hoeveel er ginder gecrepeerd zijn.'

En de meest ernstigen waarschuwden: 'Let op, Rutger, overal steken nationale gevoelens de kop op: bij de studenten, de intellectuelen, zelfs bij de adel. Idealisten zijn gevaarlijk. Een pamflet kan meer schade aanrichten dan een batterij kanonnen.'

Het werd een inspannende tocht, ondanks de paarden en koetsen en de hartelijke ontvangsten. Langs de wegen zwierven gedeserteerde soldaten, ziek, gewond, uitgehongerd, in lompen gehuld. Ze meden de steden, bedelden, stalen, vormden benden die afgelegen hoeven en eenzame koetsen overvielen en hadden nog één droombeeld: heelhuids thuiskomen en de hel vergeten.

Rutger keek ernaar, schudde het hoofd en zei: 'Van hen zal zelfs Napoleon nooit meer soldaten maken.'

Twee keer kregen ze met deserteurs te maken. Mannen die de breidel van het paard grepen en de koetsier van de bok sleurden. Mannen met musketten en pistolen en met geschonden gezichten, met ogen waarin de haat brandde. Mannen bereid om te moorden voor een brood.

De eerste keer herkende Rutger een van hen.

'Jij diende in het derde regiment te paard', zei hij.

De man keek hem met half toegeknepen ogen aan. Hij droeg de stomp van zijn linkerarm in een doek en had paarsrode littekens in zijn gezicht. Bevroren, wist Elena.

'Ritmeester van Coudenberghe!' zei hij.

Het klonk alsof hij blij was een bekende te zien. Hij gaf de anderen een teken.

'Laat hem, hij is in orde.'

De tweede keer werden ze grondig uitgeschud.

'Ritmeester?' vroeg hun aanvoerder smalend. 'Zo te zien zul je wel door de hel gegaan zijn!'

Hij lachte schamper.

'In een warme karos en met een lekker wijfje om ook je nachten warm te houden.'

De anderen schaterden, maar hun ogen waren koud en vijandig en de pistolen bleven dreigend op hun borst gericht.

Rutger wilde protesteren, maar de man beet hem toe: 'Smoel houden. Je hebt geluk: ik ben vanmorgen met mijn goede been uit bed gestapt.'

Opnieuw lachten ze, maar het leek meer op het grauwen van wolfshonden.

'We gaan alleen je geld en je reisgoed afpakken. Je koets kun je houden, die zou ons toch maar verraden bij de gendarmes. En je knappe wijfje...'

Zijn onbeschaamde blik deed Elena duizelen. Rutger voelde haar verstijven en zag de paniek in haar ogen. Zijn hand lag dwingend op haar arm.

'... zelfs daar zijn we niet mans genoeg meer voor. Ze kan er de keizer voor bedanken als ze hem ontmoet. Doe hem de groeten en zeg dat wie met de duivel in de sneeuw van Rusland heeft gelegen, zelfs voor de keizer van Frankrijk niet meer bang is.'

Toen de koetsier bleek en bevend zijn plaats weer had ingenomen en de koets verder reed, barstte Elena in tranen uit, maar Rutger haalde opgelucht adem.

'We leven, Elena. Dat is bijna een wonder. Geld zullen we in een volgende stad wel vinden.'

'Dat is het niet. Die mannen, heb je hun ogen gezien? Heb je gehoord hoe hij me noemde? Je wijfje! Ik dacht echt dat ze...'

Ze rilde en Rutger legde zijn arm voorzichtig om haar schouders.

'Rustig maar.'

Elena dacht aan Natalja, aan haar koesterende armen en ze hoorde haar troostende stem. Mijn duifje.

Ze wilde dat ze Rutgers aanzoek nooit aanvaard had.

In het jaar Onzes Heren 1798, op de negentiende dag van de oogstmaand, werd in de parochie van Sitterd-Lummen geboren Rafaël, Louis, Maximilien, tweede zoon van Louis, François, Maurits, graaf van Coudenberghe en van Sarah, Maria, Charlotte, barones van Terwilghen, echtgenoten en wonende op het kasteel Hooghend in dezelfde parochie.

(Uittreksel uit de geboorteakte van Rafaël van Coudenberghe)

4.

Rafaël van Coudenberghe gaf zijn paard de sporen, hij wilde thuis zijn voor de avond viel. Ze zouden opkijken, want hij had hen niet verteld dat hij acht dagen verlof had losgepeuterd. Toen hij de brief van zijn moeder met het nieuws over Rutger ontving, had hij een persoonlijk onderhoud met de directeur gevraagd. Tot Rafaëls eigen verbazing had de wonderbaarlijke terugkeer van Rutger volstaan om verlof te krijgen.

Hij draafde door de lange rechte laan, zich af en toe over de nek van zijn paard bukkend om de laaghangende takken van de kastanjebomen te ontwijken. Rutger! Tot hij de brief ontving, had hij eigenlijk alle hoop opgegeven hem ooit terug te zien. Hij grinnikte. Moeder was nooit een grote briefschrijfster geweest, meestal volstonden enkele woorden en ook nu had ze het opwindende nieuws in één korte zin samengevat.

Rutger is vandaag gezond en wel met zijn Russische bruid thuisgekomen. Mama.

Gezond en wel! De keizer was al een tijdje terug in Parijs en vanuit de Tuillerieën bestuurde hij opnieuw zijn rijk alsof er geen Russische catastrofe had bestaan. Als een dief in de nacht was hij weggevlucht, de resten van zijn stervende leger in de steek latend. De cadetten hadden verschrikkelijke cijfers gehoord: één op tien heeft het overleefd, één op twintig... Vierhonderd man van de oude garde en van de gardecavalerie! Ze kenden de sublieme woorden van maarschalk Ney, in lompen gehuld opduikend in het eerste Pruisische bureau en herhaalden ze vol trots: 'Mijne heren, ik ben de achterhoede van de Grande Armée!'

Rafaël had gebeden voor Rutger, maar hij kende het plichtsbesef van zijn broer en wist dat dergelijke aanvoerders weinig kans maakten het er levend af te brengen. En nu was hij er dus toch in geslaagd. En hij was niet alleen! Het tweede deel van moeders zin had Rafaël verbijsterd: *met zijn Russische bruid.* Rutger getrouwd met een Russin! Waarschijnlijk een of andere kenau, dacht Rafaël, een manwijf uit de steppen! Misschien had ze hem het leven gered en had hij haar uit dankbaarheid gehuwd.

Ze hadden hem zien aankomen, want toen hij van de rug van zijn paard sprong en de teugels aan een knecht toewierp, stond Rutger al lachend en zwaaiend op het bordes. Naast hem stond een meisje in het gouden licht van de ondergaande zon. Rafaël zoog zijn adem in van verrassing, zijn hart roffelde als de hoefslagen van een rennend paard en een pijnscheut schroeide zijn borst, want nooit eerder had hij een meisje gezien als dit. Als verdoofd staarde hij haar aan. Ze was adembenemend. Letterlijk. Ze zoog de lucht uit zijn longen en liet daar alleen leegte achter. Ze was jong, ze kon nauwelijks ouder zijn dan Louise, en beeldschoon, exotisch en tegelijk fris als de lente zelf. Ze had een bleke huid en een profiel waar hij alleen ademloos naar kon staren. Ze droeg een jurk met al het blauw van de lentehemel en het wit van zomerwolken erin. Haar blonde haren hingen in een lange vlecht op haar rug. Zo worden meisjes in boeken beschreven, dacht hij, maar zij is echt, van vlees en bloed.

Op hetzelfde ogenblik besefte Rafaël dat ze de Russische bruid van Rutger moest zijn en zijn hart brak.

'Rafaël!'

Rutger sprong de brede treden af en liep zijn broer met grote stappen tegemoet.

'Rutger!'

Ze vielen in elkaars armen en bonkten elkaar op de rug. Toen hield Rafaël Rutger op een armlengte.

'Je bent vermagerd.'

Rutger lachte.

'Als je de anderen zou zien... Vogelverschrikkers!'

'Ik weet het.'

'En op de cadettenschool, Rafaël? Hoe reageren ze daar? Je leraren, je medestudenten?'

'Lessen. Driloefeningen. Strategie, tactiek, veldslagen naspelen. Alsof er nooit een half miljoen mensen in de steppen verloren zijn gegaan. De nieuwe lichting officieren wordt wat vlugger klaargestoomd om voor Zijne Majesteit paraat te staan als hij een nieuw leger op de been zou willen brengen.'

Er klonk wrange spot in zijn stem, maar Rutger schonk er geen aandacht aan.

Elena keek vanaf het bordes neer op de broers. Wat waren ze verschillend. Rutger was het evenbeeld van zijn overleden vader zoals hij afgebeeld stond op het grote schilderij in de hal. Rafaël was kleiner, tengerder, leek van gezicht meer op zijn moeder. Tenger en toch krachtig, soepel, met de lome, trage bewegingen van een roofdier. En knap! Ze had nooit een jongeman gezien zo knap als hij. Als hij haar aankeek met zijn ogen zacht als fluweel, liepen de rillingen over haar rug. Ze herinnerde zich haar eigen woorden. Als je van iemand houdt, moet je hart buitelen als een veulen in een lentewei, je bloed moet dansen, je hart moet bonzen als honderd klokken en je huid moet tintelen. Het was beeldspraak geweest van haar geliefde dichters, maar nu voelde ze het zelf door haar hele zinderende lijf.

'Ik heb een verrassing voor je, Rafaël', zei Rutger.

Hij greep zijn broer bij de arm en samen liepen ze de trap op.

'Elena Warowska, mijn bruid. Rafaël, mijn broer, cadet en binnenkort luitenant in een van de regimenten van de keizer.'

Ze stonden onbeweeglijk voor elkaar, niet in staat een woord te uiten.

Rafaël zag van haar gezicht alleen haar ogen: een en al donkerte en daar glanzend wit doorheen. Hij rilde.

Elena ademde niet meer, ze beefde op haar benen en haar bloed daverde door haar lijf.

Je zult de liefde vinden in een ver land, had de bedelmonnik voorspeld.

Ze hoorde Natalja's stem, gedempt als vanuit een mistlaag. *'Een ver land, Elena. Flandrija ligt aan de zee en de wereld eindigt er. De voorspelling, mijn duifje!'*

Almachtige God in de hoge hemel, het was niet Rutger die de bedelmonnik had bedoeld! Het was Rafaël, de broer van haar echtgenoot.

Toen waren Louise en de gravin er. Ze omarmden Rafaël en het wonderlijke ogenblik was voorbij.

Aan tafel hield Rafaël geen moment zijn ogen van haar af. Ze was misschien geen bloedmooie schoonheid, loog hij zichzelf voor, ze zou op het debutantenbal misschien niet het allerknapste meisje zijn – haar mond was net een tikkeltje te breed en haar jukbeenderen even te nadrukkelijk, zodat haar ogen vanuit hun bodemloze diepten nog intenser leken – maar ze had iets… iets ondefinieerbaars wat haar gezicht en hele gestalte onweerstaanbaar aantrekkelijk maakte. Detailbeelden stapelden zich op in zijn hoofd: hazelnootkleurige ogen, bleke lokken als zonnebanen in haar blonde haren, volle lippen… Hij moest het in zijn geheugen prenten, zodat hij, eens terug op de cadettenschool, haar in slapeloze nachten in zijn hoofd uit zou kunnen tekenen.

'Je hebt indruk gemaakt op je zwager', zei de gravin lachend, maar Rafaël hoorde de waakzaamheid in haar stem.

Rutger lachte blij.

'Ze windt mannen om haar vinger', zei hij.

Elena bloosde.

'Je weet best hoe eenzaam mijn leven was voor ik jou leerde kennen, Rutger. Er waren niet eens mannen als je Pjotr Rastojewi niet meerekent.'

'Vertellen', eiste Louise. 'Kom op, Rutger, het enige waar je het totnogtoe over gehad hebt, is je verwonding, de oorlog, de terugtocht, de sneeuw, de ellende. Mannenzaken! Pff! Vertel over Elena. Hoe heb je haar ontmoet? Was het voor jou liefde op het eerste gezicht? En jij, Elena, wist jij meteen dat hij de ware was?'

En Rafaël zei alleen maar: 'Ja, vertel, Rutger', want verder dan die paar woorden vertrouwde hij zijn eigen stem niet.

'Ze was niet erg spraakzaam', lachte Rutger. 'Om de waarheid te zeggen: ze had gezworen nooit tegen me te praten. Ik was een vijand, een Franse demon. Als die bij je ingekwartierd werd, behandelde je hem met misprijzend stilzwijgen. Ik hield lange gesprekken met haar vader, maar Elena zat erbij als een sfinx. Maar misschien is ze me juist door die stilte en geheimzinnigheid gaan intrigeren. Zo goed, zusje?'

Ze lachten en Elena bloosde.

'Zo was het ons verteld', zei ze. 'Alle Fransen waren duivels. En ik was een goede patriot. Mijn vaderland was heilig.'

De avond viel, de bedienden plaatsten kandelaars op de tafel, maar de gravin gaf hen een teken slechts een paar kaarsen aan te steken. In dat sfeervolle, geheimzinnige schemerdonker vertelde Rutger over Rusland. Over dat onvatbare land met zijn ondoorgrondelijke bewoners, een land van uitersten, van mystiek en weemoed en van genadeloze wreedheid.

Rafaël schoof zijn stoel achteruit en vanuit het halfduister hield hij Elena onafgebroken in het oog.

'En toen op een avond speelde Elena Mozart, net op het ogenblik dat ik naar beneden kwam', zei Rutger.

'Speel je piano?' vroeg Louise. Ze klapte in haar handen. 'Speel je iets voor ons? Nu? Ik speel ook, maar meester Bosschaert zegt dat ik niet ijverig genoeg ben. Als de mannen weer weg zijn, kunnen we quatre-mains inoefenen.'

Elena protesteerde, maar de gravin zei: 'Je kunt beter meteen toegeven, kind, Louise kennende kom je er toch niet onderuit.'

Na een korte aarzeling liep Elena naar de piano, nam plaats op de kruk en opende het deksel. Haar vingers gleden liefkozend over de toetsen.

'Ik ken Mozart niet uit het hoofd. Ik speelde die avond van het blad. Maar de Mondscheinsonate van Beethoven...' Ze spreidde haar handen over de ivoren toetsen. 'Ik wil het best proberen. Het is voor het eerst sinds de dood van vader...'

Louise sloeg haar hand voor haar mond. 'Het spijt me. Ik wist niet dat je vader... Ik had het beter niet kunnen vragen.'

Maar Elena sloeg de eerste noten aan.

'Er wordt verteld dat Beethoven de sonate schreef voor een van zijn leerlingen, een zekere Giulietta. Als ik de muziek speel, die zuivere akkoorden, denk ik altijd dat hij veel van haar gehouden heeft.'

Ze sloeg haar ogen neer.

Houden van, dacht ze. Wat moet het heerlijk zijn ongecompliceerd van iemand te houden. Zonder voorwaarden, zonder beperkingen luisteren naar wat je hart vertelt. Oh, Rutger!

En Rafaël luisterde vol verrukking. Ze is Rutgers bruid, dacht hij en dus absoluut onbereikbaar. Verboden door alle menselijke en goddelijke wetten. Onbereikbaarder dan wanneer ze in haar godvergeten uithoek van Rusland was gebleven en ik hier in Brabant nooit van haar bestaan had geweten.

Hij probeerde te achterhalen waarom ze zo'n indruk op hem maakte. Het zat niet in haar exotische kleren, die legden alleen de nadruk op wat ze was, maar wat was het dan wel? Toen begreep hij dat het in een hoop eigenschappen lag die samen een uniek geheel vormden. Ze was nog een meisje, onschuldig, teer, kwetsbaar en toch al een vrouw, zelfverzekerd en uitdagend, met een intense blik. Haar handen leken de toetsen niet eens te raken, ze speelde alsof ze ondertussen loskwam van de wereld, alsof de zwaartekracht geen invloed op haar had.

De muziek vulde de kamer tot in de donkerste hoeken en vervloeide daar met de schaduwen. Toen de laatste klanken waren weggestorven, zei de gravin: 'Opmerkelijk. Je hebt talent, lieve. Je moet uitstekende leraren hebben gehad.'

'De beste leraar van Minsk', zei Elena. 'Vader betaalde hem rijkelijk om mij les te geven. Tot een halfjaar geleden. Toen, net voor Rutger naar ons huis kwam, heeft hij hem doorgestuurd.'

Ze zei niet waarom en niemand vroeg het haar.

De tafel werd afgeruimd en ze zaten bij het vuur. Koesterend strekte Rutger zijn handen uit.

'Heerlijk', zei hij. 'Ik zal nooit vergeten hoe zalig een vuur kan zijn. Je moet in Rusland geweest zijn om te weten wat kou betekent. Wind die met glasscherven je gezicht martelt, bevroren handen en voeten, kou tot in het merg van je botten...'

'Ik denk dat ook Napoleon het nooit zal vergeten', zei Rafaël. 'De Russische veldtocht heeft bewezen dat Zijne Majesteit niet onoverwinnelijk is, hoewel hij en vele anderen dat altijd gedacht hebben. Het moet hard aangekomen zijn.'

Rutgers antwoord klonk alsof hij onderricht gaf aan cadetten.

'Napoleon is de grootste strateeg uit de geschiedenis. Verrassingsaanvallen, tactische listen, snelheid, talent voor improvisatie, bereidheid om risico's te nemen... het heeft allemaal bijgedragen tot zijn grote overwinningen. Arcola, Marengo, Austerlitz... Het verhaal was elke keer hetzelfde: tegen een overmacht behaalde hij de overwinning. Maar in Rusland...'

Hij klemde zijn hoofd tussen zijn handen. Iedereen zweeg. Elena zag zijn vermoeide gezicht belicht door de vlammen en ze voelde medelijden.

'Daar stond hij aan het hoofd van een reusachtig leger. Zevenhonderdduizend mannen, duizenden kanonnen, een logge, moeilijk te bewegen massa.'

Hij ademde diep.

'De generaal Bonaparte van de grote overwinningen was jong, slank, energiek en impulsief. Keizer Napoleon is ouder en zwaarder geworden, hij improviseert niet meer, het leger vordert traag, volgens de plannen die de generale staf op de kaartentafel heeft uitgetekend.'

'Aan het tempo van Napoleon zelf', zei Rafaël uitdagend. 'Je hebt het zelf gezegd: hij wordt oud, zwaar en traag. Hij is een parodie geworden op zijn voorgangers, de koningen die door de Revolutie verjaagd zijn.'

'Genoeg', zei hun moeder. 'Niet bekvechten. Vertel liever, Rafaël, hoe lang je kunt blijven.'

'Morgen moet ik alweer vertrekken, moeder.'

Acht dagen had hij gekregen, vier om te reizen, vier om te blijven, maar hij wist dat hij onmogelijk kon blijven in het huis waarin ook Elena verbleef.

*

Het voorjaar kwam met mistige dagen, met kletterende buien en plots openbrekende luchten die al een stukje van de zomer lieten proeven.

In Europa rommelde het. Overal groeide het verzet tegen de Fransen, opstanden braken uit.

Rutger keerde terug naar het leger. Eerst reisde hij naar Parijs om zich bij het centrale bureau te melden en daar verslag uit te brengen.

'Mijn plicht', zei hij tegen Elena en hij verspilde er verder geen woorden aan.

Maar Elena hoorde hoeveel volkeren tegenover Frankrijk stonden. Haar eigen heilige Rusland, Engeland, Zweden, Pruisen, Spanje, Turkije... een onwrikbare coalitie, met geld en soldaten in overvloed. En wat zou Oostenrijk doen? Napoleon had de dochter van de Oostenrijkse keizer gehuwd om hem te vriend te houden, zou die nu zijn schoonzoon afvallen en dubbel spel spelen?

Ze wist niet meer wat ze moest hopen. Haar eigen land was veilig genoeg en zelf woonde ze hier, Rutgers familie was ook de hare geworden. Waarom kon niet alles blijven zoals het was? Vrede in Europa, Rutger officier in een rustig garnizoen en Rafaël... haar hart roffelde, hoe lang zou hij nog te jong zijn om mee te vechten, om mee te draaien in de helse mallemolen van vernieling en dood? Napoleon ronselde steeds jongere soldaten, alleen zijn onvoltooide opleiding hield Rafaël nog eventjes van het slagveld.

Ze leefde met kleine voorzichtige teugjes. Ze verkende het kasteel Hooghend en bracht kleine veranderingen aan in de vertrekken die haar en Rutger waren toegewezen. Op een zolder vond ze schilderijtjes met vergezichten die haar aan thuis deden denken en ze liet ze in haar slaapkamer hangen. Tijdens een uitje naar Brussel koos ze nieuwe gordijnen met de felle kleur van zonnebloemen en ze verbande de zwaarden, sabels en pistolen die de muren sierden. Hoeveel ze ook veranderde, ze miste haar kamer in matoesjka Rossieja. Ze miste de manier waarop het licht 's morgens binnendruppelde en langs de muur schoof. De gravin zag de veranderingen, fronste de wenkbrauwen, maar zweeg.

Ze maakte tochten in de omgeving, eerst samen met Louise, later alleen. Ze hotste door velden en bossen en ontdekte het dorp, een aantal willekeurig uitgestrooide huisjes als een omgevallen blokkendoos zonder enig patroon. Louise legde het uit: een eeuw geleden stonden er alleen maar vijf hutten. Vriendschappen hadden paden en straten gebaand, haat en afgunst hadden rond de erven muren en omheiningen opgericht. Zo was het een labyrint geworden waarvan alleen de dorpelingen de sluikpaden kenden en waar vreemdelingen onherroepelijk altijd weer op hetzelfde erf belandden.

Ze reed er vaak heen. Er was altijd wel iemand die haar Frans vertaalde en geleidelijk stak ze wat Vlaams op. Ze hielp zuigelingen verzorgen, leerde van de jonge moeders en bereidde drankjes voor zieken, naar recepten uit haar eigen land. Als ze daar kruiden voor zocht en die in de kasteelkeuken kookte, zeefde en mengde, voelde ze zich een beetje thuis. Ze grapte met de keukenmeid. Die had dikke bovenarmen, kuiltjes in haar ellebogen en ruwe, rode handen. Ze rook verwarrend naar versgebakken brood, naar in de zon gedroogd linnen en naar zwarte bessen, alsof ze een tweelingzuster van Natalja was.

Soms dacht Elena: ik wilde dat ik een drankje kon brouwen om mijn eigen verdriet, verlangen en angst te genezen. Af en toe keek ze naar het bruine flesje dat ze uit Rusland had meegebracht. Ze hield het nadenkend in haar hand, schudde ermee, hield het tegen het licht, maar haalde de stop er niet af en stopte het altijd weer weg.

In mei kwam er nieuws. Anders dan in Rusland werd het niet door de wind meegevoerd, maar bezorgd door de dagbladen die in het kasteel angstig werden uitgeplozen op zoek naar nieuws over Rutgers regiment. Vandaar vond het zijn weg naar de keuken en de stallen en verder nog naar het dorp.

Lutzen, Bautzen, Würschen – de mensen braken hun tong over de vreemde namen – drie keer had Napoleon zijn veel sterkere tegenstanders verslagen. 'Of hij een duivel of een engel is, weet ik zelf niet meer,' zei Elena, 'maar een gewoon mens is hij zeker niet.'

Toen kwam de zomer. Weer stonden de bladen vol berichten, deze keer over eindeloos aanslepende onderhandelingen. Er waren gevechten met wisselende kansen waaraan ook het derde regiment te paard deelnam en ze beefden voor Rutgers lot tot er weer een geruststellende brief kwam.

Rafaël kwam naar huis voor drie eindeloze weken. Hij en Elena zochten elkaar met hongerige ogen en tegelijk meden ze elkaar, want ze wisten dat ze elkaar zo weinig mogelijk moesten zien. Maar omdat de voeten nu eenmaal gaan naar de plek die het hart uitzoekt, vonden ze elkaar geregeld op stille plaatsen. Ze keken dan onwennig, stamelden wat en vluchtten weer weg, ieder naar zijn eigen kleine bezigheden om een uur later weer rusteloos rond te dwalen.

Elena dacht dat iedereen haar anders aankeek. De gravin, Louise, de bedienden en Rutger. 'Als een meisje zo haar hart heeft weggegeven, dan zien ze het aan haar', had Natalja ooit gezegd. 'Aan haar ogen, haar lach, aan de manier waarop ze praat en beweegt. Ze zien het, want je kunt je hart maar één keer in je leven weggeven.'

Rafaël snakte ernaar zijn opleiding te voltooien, zijn graad te halen en naar een regiment te vertrekken. Hij zou zijn mannen voorgaan in het gevecht en de meest roekeloze van allen worden, want het leven had nog maar weinig om hem vast te houden.

En Elena wist nu dat liefde voelt als een draadje dat aan je trekt, een ijzersterk draadje met een lus om je hart en een lus om je keel en heel veel lussen in je buik. En het trekt, trekt en trekt tot al je geluk en al je verdriet vlak bij elkaar liggen en je niet meer weet waarom je lacht en waarom je huilt.

Rafaëls blikken schuurden als zand over haar huid. Ze gleden niet liefkozend over haar heen, maar tastten haar zoekend af en ze voelde ze in al haar vezels. Misschien, dacht ze, was er iets wat hij haar wilde vertellen en zocht hij de juiste woorden en het juiste ogenblik daarvoor. Maar blijkbaar was dat er nooit.

Zelf repeteerde ze de dingen die ze hem zou zeggen. Niet over liefde, dat gevoel had ze heel diep weggeborgen en de sleutel had ze weggegooid, over haar schouder, zodat ze hem nooit zou kunnen terugvinden. Wel over vriendschap, over de warmte van elkaar dichtbij te weten, in dezelfde kamer, onder hetzelfde dak, het geluk hem te zien, samen naar dezelfde dingen te kijken en te luisteren en dezelfde ontroering te voelen. Maar ze zei niets. Het was gemakkelijker dergelijke woorden in het donker te bedenken dan ze in het daglicht uit te spreken.

Op een avond liep ze door het park. Het had geregend, maar achteraf was de zon even doorgebroken en de wereld glansde als nieuw.

Onder de dreigende wolken hing het laatste avondlicht dat alle kleuren intenser maakte. De gesloten tulpen glansden dieprood en het gazon was donkergroen. Robijn en smaragd en daartussen stond een fontein met twee boven elkaar liggende bekkens. Het kalksteen was dik met mos begroeid, maar de fontein spoot nog en uit de bovenste schaal viel een krans van glinsterende diamanten.

Ze sloot haar ogen om het beeld vast te houden. Toen ze ze weer opende, stond Rafaël aan de andere kant van het tulpenbed. Hij keek naar haar en haar dwaze hart maakte een sprong. Misschien konden ze samen verder lopen, praten over de regen, over het dorp, over politiek zelfs, als hij dat zou willen... Ze zou genieten van de klank van zijn stem en ondertussen zoeken naar verborgen betekenissen achter al zijn woorden.

Rafaël zag Elena in tegenlicht. De laatste zonnestralen leken haar haren in brand te zetten en schilderden de lijnen van haar meisjeslichaam haarfijn op de stof van haar witte jurk. Weer sloeg de bliksem ongenadig bij hem in. Er was niets op de hele wereld wat hij liever wilde dan naar haar toe te lopen en zijn armen om haar heen te slaan, maar hij beet zijn tanden op elkaar, keerde zich om en liep weg. Elena bleef verbaasd en vol pijn achter.

*

In oktober stonden tien naties verenigd tegenover Napoleon en bij Leipzig versloegen ze hem. Weer vluchtte hij naar Parijs om nieuwe lichtingen uit de grond te stampen.

Het derde regiment had aan de gevechten deelgenomen en het duurde twee eindeloze maanden voor ze op Hooghend een brief van Rutger kregen. Hij lag gewond in een Duits lazaret met een sabelwond, opgelopen in een laatste wanhopige charge.

'Mijn linkerschouder', schreef hij. 'Mijn kuras heeft de slag opgevangen, maar ik werd van mijn paard geworpen en kwam uiteindelijk achter de linies terecht. De wond is niet erg diep en geneest goed. Ik heb kennisgemaakt met de militaire commandant van Kassel en verblijf nu in zijn huis in de stad. Ik schrijf jullie van daar. Ik hoop in de eerste dagen van het nieuwe jaar thuis te kunnen komen.'

Twee dagen na de aankomst van Rutgers brief kwam Rafaël thuis om met de familie Kerstmis te vieren. Die avond bespraken ze met het personeel de voorbereidingen en Elena ging opgewonden slapen, haar hoofd vol dwaze verwachtingen. Ze lag urenlang te woelen en viel pas tegen de ochtend in een loodzware slaap.

Ze schrok wakker van geweerschoten, paardengehinnik en luid geschreeuw. Uit de hal weerklonken hese keelklanken en daartussen snijdend gegil. Even kon ze haar oren niet geloven. Daar werd in het Russisch geroepen! Ze greep een kamerjas en liep naar het venster. Op de binnenplaats stonden soldaten met hoge zwarte mutsen. Ze omringden Rafaël, die in zijn nachthemd naar buiten was gesleurd en doodsbleek tussen hen stond. Een van de soldaten hield de punt van zijn lans tegen Rafaëls keel.

Elena herkende de uniformen en begreep dat het kozakken waren.

Ze zag dat Rafaël zich heftig verzette en wist dat hij elk ogenblik neergeschoten kon worden.

Andere kozakken kwamen uit het huis, zilveren kandelaars en kommen in hun handen. Een van hen droeg een schilderij van een halfnaakte nimf als trofee naar buiten. Vanaf de trap die naar de keuken leidde, klonk gegil. Melanie, de jongste kamermeid, werd neergeduwd op de stenen treden, haar rokken werden opgetild en een van de mannen stortte zich tussen haar gespreide benen, terwijl anderen lachend toekeken.

Elena holde naar beneden, de brede trappen af, de hal door, tussen de kozakken, die te verbaasd waren om haar tegen te houden, en rende naar de aanvoerder die midden op het binnenplein hoog op zijn paard was blijven zitten en geamuseerd toekeek.

'Kapitàn!' riep ze. 'Kapitein, deze mensen zijn vrienden.'

Het leek alsof ze een toverwoord had gesproken. Er viel een plotse stilte. De ruwe vechtjassen stonden roerloos, zelfs de verkrachter rolde van zijn zachtjes jammerende slachtoffer.

'Russisch', zei de aanvoerder, zijn stem vol achterdocht. 'Jij spreekt Russisch alsof het je moedertaal is.'

Ze hief het hoofd en gooide haar lange, loshangende haren met een ruk naar achter.

'Elena Warowska', zei ze trots. 'Afkomstig uit het departement Minsk.'

Hij liet zich langzaam uit het zadel glijden en liep op haar toe. Zijn mannen vormden een dreigende kring om hen heen. Ze zag alleen hun wilde zwarte baarden en samengeknepen donkere ogen onder hun ruige mutsen.

'Elena Warowska', herhaalde hij, de lettergrepen een voor een langzaam proevend.

Hij richtte zijn pistool op haar hoofd. De zilveren loop schitterde en ze keek recht in de zwarte mond van het wapen. Met een scherpe klik spande hij de haan.

'En hoe komt Elena Warowska uit het departement Minsk hier terecht, in dit godvergeten oord zo ver van matoesjka Rossieja?'

Ze hoorde instemmend gegrinnik en probeerde te glimlachen, hoewel de angst zich met scherpe roofdiertanden door haar lichaam vrat. Misselijkheid overspoelde haar en golfde met een zure smaak tot in haar mond.

'Dat is een lang verhaal, *kapitàn*.'

Ze wees naar Rafaël, die haar onthutst aanstaarde.

'Zijn broer heeft mijn leven gered en ik ben met hem getrouwd. Voor een pope, volgens de riten van onze heilige orthodoxe Kerk. Hij heeft me naar Flandrija gebracht en zijn familie heeft me opgenomen als een dochter. Het kon hen niet schelen dat ik een Russische was, een dochter van hun vijand.'

'En die broer, jouw echtgenoot?' vroeg hij achterdochtig.

'Gewond in de slag bij Leipzig en nu in gevangenschap.'

Ze keek de kring rond.

'Misschien waren u en uw mannen daar ook. Tegenover hem. Jullie zijn geen rovers, kapitàn, maar soldaten met respect voor hun tegenstander. Als Rutger hier zou zijn...'

'Je hebt wel een grote mond. Als ik mijn mannen hun gang laat gaan, zal daar vlug verandering in komen, juffertje.'

Het gegrinnik werd luider, ogen haakten begerig aan haar lichaam en een paar mannen schoven dichter naar haar toe.

Rafaël begreep de woorden niet, maar herkende de dreiging aan de klank van de stem. Hij wilde vooruitspringen, maar de scherpe lanspunt drukte tegen het weke vlees van zijn keel en de handen rond zijn polsen waren als ijzeren boeien.

Elena vouwde haar handen in een smekend gebaar en sloeg haar grote glanzende ogen op naar de aanvoerder.

'Ik bid u, kapitein, beloon hun gastvrijheid niet met plundering, moord...' ze keek tussen de mannen door naar Melanie, die op de trap lag met opgeschorte rok en glanzend witte dijen, '... en verkrachting.'

Een van de mannen greep haar arm en keek de aanvoerder vragend aan. Zijn tong likte langs zijn lippen.

De kapitein aarzelde, keek de kring rond, haalde zijn schouders op en riep: 'Laat haar los. Hem ook. En de anderen.'

Tegen Elena snauwde hij: 'Eten en drank voor mijn mannen. Haver en water voor de paarden. En je kunt er maar beter voor zorgen dat er van alles genoeg is en dat het ons en de paarden bevalt.'

Hij kletste op zijn dijen en lachte schaterend om zijn eigen grap.

Opluchting golfde door haar heen en tranen vochten zich een weg naar buiten.

'Meteen, kapitein. *Spasiba, kapitàn.* Dank u, kapitein.'

Hij keek haar met half toegeknepen ogen waarderend aan. Zijn ogen daalden van haar gezicht naar haar borsten, haar heupen en verder omlaag.

'Wacht nog even voor je me bedankt, juffertje. Misschien bedenk ik me nog. Je ziet er zelf als een lekker stuk uit.'

Ze lachte krampachtig.

'U bent een Russisch heer, *kapitàn.* U zou zelf nooit...'

Ze greep Rafaëls arm en trok hem mee naar binnen en de trap op. Louise en haar moeder, die met een lijkbleek gezicht tussen de kozakken stonden, merkte ze niet eens op.

'Naar je kamer', zei ze. 'Vlug. Kleed je aan en blijf daar. Om godswil, Rafaël, haal geen domme heldendaden uit.'

Toen holde ze weer naar beneden. Er moesten schragen worden

gezet en alle voorraden voedsel en drank uit de kelder opgediept. Er moesten zakken met haver worden aangesleept en water geput. Daarna moest ze zich omkleden, want ze vertrouwde de soldaten nog altijd voor geen kopeke. Als ze eenmaal gedronken hadden...

*

'Je hebt ons leven gered', zei Louise toen ze na de aftocht van de kozakken angstig bij elkaar zaten. Om hen heen waren de bedienden, nog bleek en beverig, bezig de resten van de overval op te ruimen.

'Ik begrijp niet hoe je het gedurfd hebt. Mij hielden ze met zijn tweeën vast en als jij toen niet als een furie langs was gestormd, dan hadden ze me daar... net zoals Melanie...' Ze kneep haar lippen op elkaar om niet opnieuw in tranen uit te barsten. 'Oh, Elena, zonder jou...'

Haar moeder knikte: 'Je hebt lef, Elena. Ik wist het. Rutger zou jou anders nooit hebben gekozen.'

Rutger! Als zijn moeder met haar praatte, had ze het elke keer over hem, alsof ze er Elena voortdurend aan moest herinneren dat ze een man had. Zelfs nu ze nauwelijks aan de dood ontsnapt waren. Ze wist vast dat zij en Rutger in aparte kamers sliepen, maar wat wist ze nog meer?

'Ik kreeg geen kans om me te verdedigen', zei Rafaël wrokkig. 'Ze sleurden me uit bed voor ik mijn degen of pistool kon grijpen.'

'Daar was ik nog het meest bang voor', zei Elena. 'Dat jij je zou verzetten en stommiteiten uit zou halen. Met al je dapperheid maakte zelfs jij in je eentje geen kans tegen een compagnie kozakken.'

'Stommiteiten! Hoe denk je dat ik me voelde?' vroeg hij verontwaardigd. 'Machteloos, vastgehouden als in een bankschroef en dan storm jij naar buiten en je gilt wat in dat koeterwaals van je en meteen word ik losgelaten. Je leek niet eens bang.'

'Dachten jullie echt dat ik niet bang was? Doodsbang was ik. Mijn knieën knikten, koud zweet brak me uit. Het eerste moment wilde ik wegkruipen, me verstoppen in een kast of onder het bed, ergens waar ze me nooit zouden vinden, maar toen hoorde ik dat ze Russisch praatten. Nou ja... ik trilde, hoe zeggen jullie dat... als een espenblad. Maar ik kon jullie toch niet in de steek laten. Het leven van iedereen in dit huis hing ervan af. En de vrouwen...'

Louise begon opnieuw te huilen.

'Ik heb Melanie naar bed gestuurd', zei de gravin. 'Ze ligt daar bleek en stijf als een dode en als je tegen haar praat, kijkt ze je aan alsof ze je niet eens herkent.'

Elena knikte. Ze had in Rusland verhalen gehoord van vrouwen die een hele troep Franse soldaten over zich heen hadden gekregen en achteraf krankzinnig waren geworden.

'Misschien komt het nog goed met haar', troostte ze.

'Ik heb me gedragen als een lafaard', zei Rafaël. 'Mannen moeten vrouwen beschermen, niet door hen gered worden.'

'Wees maar gerust', zei zijn moeder bitter. 'Zolang Napoleon leeft, is oorlog nooit ver weg. Je krijgt nog vaak genoeg de kans om te tonen hoe dapper je bent.'

Ze aten samen met het personeel in de keuken. Voor één dag had de overval alle standenverschillen uitgewist. Ze wisten allemaal dat het leven achteraf nooit meer hetzelfde zou zijn, het gevoel van veiligheid binnen de vertrouwde kasteelmuren was definitief verdwenen.

Toen de avond viel, brachten Elena en Louise een beker warme melk naar Melanie, maar die lag nog steeds onbeweeglijk op haar strozak, haar armen rond haar opgetrokken knieën. Ze keek dwars door hen heen.

*

Trappen en gangen zijn zelfs in een kasteel niet eindeloos en ontmoetingen zijn dus onvermijdelijk.

Twee dagen na de overval liepen Elena en Rafaël elkaar tegen het lijf in de smalle gang die naar de paardenstallen leidde. Ademloos bleven ze in het schemerdonker staan, een eeuwigheid lang. Een paard hinnikte, hoeven schraapten over de stenen vloer, een ketting schuurde langs een kribbe. Hun ogen haakten gulzig in elkaar.

'Elena', zei Rafaël met hese stem.

'Rafaël', fluisterde ze, niet luider dan een ademtocht.

'Ik heb je niet echt bedankt', zei hij. 'Ik weet dat je niet alleen mijn leven hebt gered, maar ook dat van mama en dat van Louise en...'

Ze was zo mooi en zag er zo broos en ontwapenend lief uit dat hij zich naar haar toe bukte. Elena hief haar gezicht en hun lippen raakten elkaar. De tijd stond stil, maar toen stapte ze achteruit en liep met knikkende knieën en wapperende rokken naar haar kamer.

Rafaël bleef achter, vergeten waarnaar hij op weg was. Na de gestolen kus verlangde hij nog wanhopiger naar een volgende. Er zouden nooit genoeg kussen zijn voor zijn wanhoop.

's Avonds vond ze hem in de studeerkamer, turend naar de wereldglobe die op een bijzettafeltje stond. Die was, zoals alles in deze kamer, aan de kozakken ontsnapt. Ze zag dat zijn vinger rustte op een plek ergens in Zuid-Rusland.

'Minsk', mompelde hij.

Elena sloot de deur achter zich en bleef met haar rug en handen ertegen geleund staan.

'We moeten praten, Rafaël. Wat vanmiddag gebeurde, mag nooit meer. Ik ben de vrouw van je broer.'

Hij zette het glas dat hij in zijn hand hield voorzichtig op het tafeltje, keerde zich om en keek haar aan.

'Nooit meer is wel erg lang, Elena.'

Ze hoorde het verlangen in zijn stem, de warmte waarmee hij haar naam uitsprak, elke lettergreep afzonderlijk koesterend en tegelijk de schrijnende pijn.

'Nooit meer', herhaalde ze en ze kwetste zichzelf even erg als hem aan haar eigen woorden.

Ze drukte haar handen en haar rug nog harder tegen het hout om moed te verzamelen.

'Er is een brief van Rutger. Hij komt volgende week thuis.'

'Dan zal ik al weg zijn.'

'Ja, Rafaël, dan zul jij al weg zijn.'

Het waren povere woorden, maar beiden sloten ze in hun hart.

Rutger was er twee dagen later al. Hij droeg zijn arm in een mitella gemaakt van een vuile doek en onder zijn gescheurde uniformjas zat het verband als een bochel. Hij kuste zijn moeder en Louise, legde zijn arm om Rafaëls schouder en liep daarna naar Elena.

'Ik heb je gemist', zei hij. Hij trok haar dicht tegen zich aan en lachte. 'Het lazaret met zijn Duitse verplegers was veel eentoniger dan een huis in Rusland dat ik me herinner.'

Toen zag hij de luchter waarvan twee armen afgebroken waren. Hij verstrakte, zijn ogen zwierven speurend door de kamer en ontdekten daar andere vernielingen.

'Wat is hier gebeurd?' vroeg hij.

'Kozakken', zei zijn moeder. 'Een hele compagnie. Ze hebben het kasteel overvallen. Het was afgrijselijk. Dat we het heelhuids overleefd hebben en dat er niet meer gestolen en vernield werd, hebben we aan Elena te danken. Ze heeft zich onwaarschijnlijk dapper gedragen.'

'Ze was ongelooflijk', zei Louise. 'Ze blafte tegen de roverhoofdman alsof zij een geladen pistool tegen zijn hoofd hield, terwijl er in werkelijkheid overal afschuwelijke kozakken om ons heen waren.'

'Een amazone', zei Rafaël. 'Moedig en geen ogenblik bang.'

Louise vertelde het hele verhaal en al die tijd bleven Rutgers ogen op Elena gericht.

'Ik ben trots op je.'

Hij glimlachte.

'Pjotr Rastojewi zal nooit weten hoe dankbaar we hem zijn. Zonder hem...'

Alleen Elena begreep hem. En huiverend dacht ze: Pjotr Rastojewi was alleen maar een pion in het grote spel dat het lot met ons speelt. Net zoals jijzelf, Rutger. Pionnen om mij naar kasteel Hooghend in Flandrija te leiden om daar Rafaël te ontmoeten, want zo was het voorspeld en zo moest het gebeuren.

*

Elena schreef in deze periode slechts één paragraaf in haar dagboek.

Ze schreef niet over Rutger, noch over Rafaël. Misschien was ze bang haar gedachten over hen op papier te zetten. Ze schreef alleen over het heimwee dat haar verteerde.

Uit het dagboek van Elena Warowska

Ik verlang naar Rusland, het rijk van de sneeuw, het land van de grenzeloze ruimten. In dit zachte klimaat smelt de zeldzame sneeuw al na een paar dagen, de ijspegels aan de dakranden zijn nauwelijks een vinger lang en uit de grijze lucht valt meestal een miezerige regen. Ach, Rusland, mijn barre vaderland, hoe mis ik jou. Hoe mis ik je sneeuw en je eindeloze steppen, je liederen en je zoete weemoed. Het verlangen verlamt mijn gedachten, maakt mijn benen week en loom en mijn hart zwaar. Mijn arme hart dat het toch al zo zwaar te verduren heeft...

Na de laatste letter volgde een lange kras, alsof haar pen was uitgegleden.

*

Als Rutger thuis was, aten ze meestal in hun eigen vertrekken. Ze zaten recht tegenover elkaar, de lange tafel tussen hen. Hun blikken ontweken elkaar.

Ze praatten over de oorlog die nu voor het eerst in al die jaren op Frans grondgebied werd gevoerd. Pruisen, Russen, Engelsen en Oostenrijkers rukten op. Eén keer nog klauwde de oude leeuw. In acht dagen behaalde Napoleon zeven overwinningen, maar elke keer hergroepeerden de geallieerden zich en dreven de Fransen voor zich uit. Rutger pluisde de kranten uit en Elena kon het verloop van de oorlog volgen aan de uitdrukking op zijn gezicht.

Verder praatten ze over het eten, over het weer, over de paarden en de honden. Over zijn gezondheid, die dag na dag verbeterde, spraken ze zelden. Ook over hun verhouding die dag na dag krampachtiger werd, zwegen ze. Achter hun neergeslagen ogen brandde het besef dat dit niet eeuwig door kon gaan en als Rafaël er niet was geweest, had Elena zich bij het onvermijdelijke neergelegd. Dan zou ze op een of andere avond naar Rutgers kamer zijn gegaan...

Eén dag na Rafaëls vertrek zei Rutger: 'Ik heb gezien hoe jullie naar elkaar keken.'

Elena sloeg haar ogen niet neer, maar ze vergat te ademen en haar hart ging wild tekeer.

Na de eerste verwarrende weken vol ontreddering had ze haar gevoelens voor Rafaël weggestopt tot ze er zeker van was dat niemand ze kon opmerken.

En nu sprak Rutger haar erover aan. Haar echtgenoot, de man die op elke willekeurige avond haar kamer kon binnenkomen en opeisen wat God en de wet hem toestonden.

'Hij is je broer', lachte ze.

De spieren rond haar mond stonden gespannen als pianosnaren en ze had moeite om de klanken te vormen. Om zich een houding te geven, depte ze haar lippen met haar servet en nipte vervolgens aan haar glas.

'Hij is jong en grappig.'

'Grappig, Elena? Ik heb jullie niet één keer zien lachen. Jullie kijken naar elkaar met lijkbiddersgezichten. En jong? Hij is precies even oud als jij.'

Wanhopig trachtte ze haar gevoelens te verbergen.

'Even oud?'

'Het was het enige wat ik op de akte van de pope kon lezen: onze namen en drie data. De datum van ons huwelijk en onze geboortedata. Jouw geboortedatum! Heb je het zelf nog niet ontdekt, Elena? Jij en Rafaël zijn op dezelfde dag geboren. De negentiende dag van de oogstmaand van het jaar zeventienhonderd achtennegentig.'

'Een ongelooflijk toeval', gaf ze toe.

Maar haar verraderlijke hart wist bonzend dat het geen toeval was, maar voorbeschikking. Door het ongenadige lot zo geregeld. Ze had het kort geleden nog geweten: *zo was het voorspeld, zo moest het gebeuren.*

Rutger kwam naast haar staan, greep haar hand en zei zachtjes:

'Toeval? Het moet haast wel. Maar weet je, Elena, twijfel kan knagen als een sluipend gif. Het begint als een fijn barstje in een porseleinen bord. Je ziet het nauwelijks, maar plotseling klinkt het vals, is alle helderheid eruit verdwenen. Waarom moet ik daar nu aan denken, Elena? Zeg het me, mijn Russische bruid, die ik vol trots naar Flandrija heb gebracht.'

Voorzichtig legde hij haar hand weer op de tafel.

'En zeg me ook, steppemeisje, waarom jouw pols op dit ogenblik tekeergaat als een op hol geslagen paard.'

Hij boog en liep naar buiten.

*

Ondertussen werd de wereld op zijn kop gezet. Parijs viel, Napoleon deed afstand van zijn troon en werd verbannen naar Elba, een eilandje in de Middellandse Zee van amper een voorschoot groot. In Wenen, waar de koningen samen waren, werd de kaart van Europa hertekend. België maakte opeens deel uit van het Verenigd Koninkrijk der Nederlanden en Willem van Oranje was er koning, maar het kasteel Hooghend en het dorpje eromheen werden door die veranderingen nauwelijks beroerd.

Rutger genas, maakte wandelingen door het park en door de kale wintervelden. Hij maakte geen plannen voor de toekomst en bemoeide zich weinig met het beheer van het domein. Nog later reed hij uit en zwierf door de bossen in de omgeving. Soms vergezelde Elena hem.

'Er is een tijdperk voorbij, Rutger', zei ze bij zo'n gelegenheid. 'Je moet je erbij neerleggen. Ik weet wat Napoleon voor je betekende, maar hij is zijn troon kwijt en Willem van Oranje is nu jouw koning.'

Het duurde lang voor hij antwoordde, alsof hij zijn gedachten op een rijtje moest zetten. Hij klopte zijn paard liefkozend in de nek en zijn ogen zwierven over het land.

'Je zult dat nooit begrijpen, Elena. Hij was er toen ik opgroeide. Als een lichtend baken tijdens mijn opleiding. Hoe vaak hebben we het als cadetten niet tegen elkaar herhaald: als hij van luitenantje kan opklimmen tot generaal en later tot keizer... Zelf herhaalde hij altijd: iedere soldaat draagt de maarschalksstaf in zijn ransel. Je groeide samen met hem en zijn opgang was ook jouw trots. Toen hij ons naar Rusland leidde, hebben we geen ogenblik geaarzeld.' Hij keek haar aan. 'Zonder hem had ik jou nooit ontmoet, Elena.'

Hij gaf zijn paard de sporen en Elena volgde hem.

Een jaar lang was er vrede. Het graan rijpte en werd geoogst, de schuren werden gevuld, maar heel Europa hield zijn adem in, want iedereen besefte dat de vrede niet kon blijven duren.

Een nieuwe winter ging voorbij.

Elena en Louise werden vriendinnen. Ze kregen les van dezelfde muziekleraar en de gravin nam ook een oude balletdanseres in dienst om Louise voor te bereiden op haar debuut als ze zestien zou zijn. Ze leerden de quadrille, de polonaise en de gavotte.

'Er is godzijdank weer orde en regelmaat', zei de gravin. 'Koningen zitten op hun tronen zoals ze dat eeuwenlang hebben gedaan en jongedames kunnen weer aan het hof verschijnen.'

Rutger was vaak weg, maar hij vertelde weinig over wat hem naar Brussel en Parijs bracht. Ook Rafaël kwam zelden naar huis.

Bij zo'n zeldzaam bezoek legden ze één keer hun masker af.

Rafaël zag er schitterend uit in zijn cadettenuniform met blauw, groen en rood. Elena had een oranjegele sjaal rond haar haren gebonden, haar ogen glansden en haar huid was als goudkleurig satijn in het zonlicht.

Rafaël kreunde toen ze in een aureool van stralen op hem toeliep.

'Je bent volmaakt', fluisterde hij. 'Een levend geworden beeld van een van de grote Italiaanse meesters.'

'Ken jij die?' vroeg ze lachend.

Ze was bang dat hij het bonzen van haar hart kon horen.

'Ik heb ze gezien, in het Louvre in Parijs. Maar ze zijn dood en koud. Jij bent levend en warm.'

Ze sloeg haar ogen neer, bang om de zeldzame betovering te verbreken.

'Je bent nu al betoverend. Maar op een dag zul je nog veel mooier worden.'

Hij wilde haar hand grijpen om die in zijn vuist te koesteren, maar angstig trok ze hem terug.

'Die schoonheid ligt in jou als de opgevouwen vleugels van een vlinder in zijn cocon.'

Ze luisterde ademloos en dacht: één keer, God, laat me één keer in mijn hele leven naar hem luisteren. Enkele minuten, het betekent niet veel in een mensenleven, maar gun me dat.

'Op een dag komt die schoonheid te voorschijn, een dageraad die openbloeit. Dan vouw jij ze open voor de hele wereld. Op die dag wil ik er zijn en naar je kijken.'

De woorden stonden als bloedrode klaprozen in een geel korenveld. Ze waren uitgesproken en konden nooit meer worden teruggenomen.

'Op die dag zal Rutger er zijn', zei ze en de betovering was weg.

'Waarom, Elena?'

Rafaëls stem klonk plotseling opstandig.

'Omdat hij je man is? Is dat voldoende reden? Heeft hij jou ooit gezien zoals ik jou zie: vlinder nog even gevangen in je cocon? Zit hij er ook op te wachten dat je je vleugels openvouwt? Of is hij tevreden met je zoals je nu al bent, betoverend en toch nog onvolmaakt? Het mooiste wat God ooit heeft geschapen, maar net nog niet helemaal in bloei?'

'Rutger houdt van me zoals ik ben en ik ben voor God zijn vrouw geworden.'

Dat laatste voegde ze er in één adem bij, bang dat ze het anders even, heel even maar, zou vergeten.

'In omstandigheden waar geen van beiden ooit over spreekt', zei Rafaël fel. 'Werd jij verliefd op hem, op de dappere soldaat in zijn schitterende uniform? Hij op jou, het exotische meisje in dat vreemde land? Waarom moesten jullie zo ijlings trouwen? En was het allemaal wel wettelijk?'

'De pope heeft ons getrouwd. Rutger heeft de gezegelde akte.'

'Een Russische pope! Denk je dat dat huwelijk hier geldig is? Geldig voor onze wetten en onze godsdienst?'

Ze boog het hoofd.

'Je doet me pijn, Rafaël. De pope is een volwaardige priester en daarbij: voor mij telt alleen dat ik mijn jawoord heb gegeven, voor wie het ook werd uitgesproken, een pope of een bisschop van hier.'

'Het spijt me', zei hij. 'Het spijt me echt. Dat juist hij jou hierheen heeft gebracht, is zo moeilijk om te dragen, Elena.'

'Ik moet je nog wat vertellen', zei ze. 'Ik vind dat je het moet weten.'

Ze aarzelde.

'Ons huwelijk...'

Ze sloeg haar ogen neer.

'Er bestaat een mooie term voor. Ons huwelijk werd nooit geconsumeerd.'

Ongelovig keek Rafaël haar aan.

'Dat betekent toch wat ik denk dat het betekent?'

Ze knikte.

'Dat betekent het.'

'Maar dan...'

'Ja', zei ze.

'Dan ben jij...'

'Ja', zei ze.

'En hij...'

'Nooit', zei ze. 'Oh, Rafaël, Rutger heeft me nooit aangeraakt, nooit naakt gezien.'

Ze sloeg haar handen voor haar gezicht.

*

Vlak nadat een voorjaarsstorm twee uitbottende bomen in het park had ontworteld en de knechten met bijlen en zagen in de weer waren, brachten de kranten opwindend nieuws. Napoleon was ontsnapt uit zijn verbanningsoord. Hij had Elba verlaten en was stiekem op de Zuid-Franse kust geland.

De regimenten die door koning Lodewijk werden uitgestuurd om hem gevangen te nemen, liepen naar hem over en marcheerden samen met hem naar Parijs. Frankrijk en heel Europa volgden met ingehouden adem zijn tocht in de dagbladen. De titels van de artikels veranderden naarmate Napoleon verder oprukte. Van *Het monster is ontsnapt, De weerwolf is bij Cannes geland* en *De tiran was in Lyon*, werd het *Bonaparte nadert met snelle schreden* en uiteindelijk de triomfantelijke kreet: *Zijne Majesteit is in Parijs!*

Rafaël kwam binnenvallen, vol van het grote nieuws en Rutger spreidde enthousiast de bladen over de tafel uit.

'De keizer is teruggekeerd', zei hij. 'Hij rekent op zijn soldaten.'

Zijn ogen glansden en hij ademde snel en opgewonden.

'Niet op mij', zei Rafaël.

Verontwaardigd keek Rutger hem aan.

'Niet op jou?'

'Nee.'

'De keizer zal zijn leger zo vlug mogelijk herinrichten. Hij zal elke man nodig hebben, Rafaël, want hij wordt omsingeld door vijanden. Heel Europa staat tegenover hem.'

'En jij denkt dat hij in staat is een nieuw leger uit de grond te stampen? Na Moskou, na Leipzig? Heb je al eens uitgeteld hoeveel honderdduizenden er gesneuveld zijn?'

'In de hand van Napoleon is Frankrijk een spons', zei Rutger vol overtuiging. 'Hij knijpt en er staan opnieuw honderdduizend soldaten klaar. Of tweehonderdduizend, naargelang hij er nodig heeft.'

'En jij.'

'En ik, ja.'

'Omdat Napoleon in de spons heeft geknepen.'

'Omdat ik in hem geloof. Hij is mijn keizer, Rafaël. Hem ken ik.'

'Wat is kennen, Rutger? We hebben hem allemaal weleens gezien. Ik ook: bij zijn intocht in Brussel en nog één keer toen hij de cadettenschool bezocht. Een kleine, nerveuze man, in Brussel in een te grote keizersmantel, op school in een generaalsuniform behangen met zilver en goud. Geen van beide keren zag hij er echt indrukwekkend uit.'

'Ik heb hem gezien in het bivak, bij het kampvuur, een donkere, imponerende figuur tegen de nachthemel. En meer dan eens op een heuvel vanwaar hij een veldslag leidde, zwijgend, somber. Dat is de echte Napoleon. De man in zijn versleten groene uniform die met zijn soldaten praat als met gelijken. Hij kijkt je aan, leest het nummer van je regiment, weet meteen waar je gevochten hebt en maakt je daar complimenten over.'

'Komedie. Hij is altijd al een toneelspeler geweest.'

'Voor jou, niet voor mij.'

Rutger keek Elena strak aan en zei: 'Er moet op de hele wereld toch iemand zijn in wie je kunt geloven.'

Elena's glimlach bevroor. Eén iemand op de hele wereld om in te geloven, zei hij, maar dat was niet zijn vrouw, dat was Napoleon, de man die door haar landgenoten het monster van Corsica werd genoemd.

Rafaël had de dubbele betekenis van Rutgers woorden niet eens opgemerkt. Hij schudde zijn hoofd.

'We zijn geen Fransen. Als er opnieuw gevochten moet worden, zal ik aan de kant van ons volk staan. Aan de kant van de boeren en de arbeiders, in het leger van Willem van Oranje, onze wettige koning.'

Elena volgde de discussie. Haar ogen vlogen van het ene gezicht naar het andere. Hoe konden broers zo verschillend denken? Zo verbitterd lijnrecht tegenover elkaar staan?

'Voor de keizer zul je een deserteur zijn', zei Rutger.

Hij sprak het woord uit alsof het een vieze smaak had.

Rafaël lachte.

'Kom op, broertje, jouw keizer is zelf een ontsnapte vogelvrijverklaarde. Buiten de wet geplaatst door alle legitieme vorsten van Europa. Een speler die alles op zijn laatste kaart zet, maar die geen kans maakt om het spel te winnen.'

Elena merkte dat Rutger op het punt stond in woede uit te barsten.

'Dat is toch geen ruzie tussen broers waard', zei ze.

Haar lach was voor beiden bestemd en Rafaël was de eerste die het hoofd boog.

Bij het avondmaal zei de gravin: 'Het zal dus weer oorlog worden.'

'Onvermijdelijk', knikte Rutger. 'Eén definitieve slag waarin alles gespeeld zal worden. Maar er staat veel meer op het spel dan de vraag wie over Frankrijk zal regeren: Napoleon of een Bourbon, keizer of koning. Het gaat erom of Europa in vrijheid zal leven of onder de oude knoet.'

De knoet van de adel waar jij toe behoort, dacht Elena, maar ze zweeg. Ze wilde niemand kwetsen.

Zijn moeder reageerde bitter. 'Voor jullie, mannen, is oorlog een spel. De generaals zetten hun troepen in als stukken op een schaakbord. Al dat gedoe met vlaggen en trompetsignalen, met paarden en kanonnen vinden jullie opwindend. In werkelijkheid zijn de redenen voor zo'n oorlog bijzaak. Jullie spelen met de dood en het leven van honderdduizenden is de inzet.'

Rutger wilde haar onderbreken, maar ze schudde haar hoofd.

'Nee, Rutger, laat me één keer uitspreken. Tegen jou, die de dood al zo vaak in het gezicht hebt gekeken en tegen Rafaël, die nog droomt van zijn eerste heldendaden.'

Even zweeg ze. Ze wreef met haar hand over haar voorhoofd alsof ze daar de donkere voorgevoelens kon wegvegen.

'Na het grote, opwindende spel komen jullie thuis. Gekwetst. Als het meevalt, zoals bij jou, overleef je het en ben je geen invalide met een weggeschoten arm of been zoals er in Parijs alleen al duizenden langs de straten bedelen. Of jullie komen niet thuis. Dan ligt jullie gebeente te blakeren in een of andere woestenij of weg te rotten in de sneeuw of de modder. Heb je ook al eens aan ons gedacht, de moeders, de vrouwen?'

Ze legde haar hand op Elena's arm en keek haar beide zonen om beurten aan.

'Wij blijven thuis en af en toe horen we berichten over grote veldslagen en ons hart krimpt samen van angst en afschuw. We bidden en wachten. Bidden en wachten.'

'Eén keer nog', zei Rutger, 'één keer nog, moeder.'

Hij kon niet weten dat zijn woorden profetisch zouden zijn.

Maar de gravin was nog niet uitgesproken.

'Maar dat mijn zonen ooit in het gevecht tegenover elkaar zouden kunnen staan,' zei ze, 'dat is mijn grootste verdriet.'

Haar ogen waren donker van droefheid.

*

'Ik heb met Pieter gepraat, de zoon van Berten de smid', zei Elena.

Rafaël lachte.

'Had hij zijn trommel bij zich?'

'Ja. Hoe komt hij daaraan?'

'Op een dag vond hij in het koetshuis een speelgoedtrommel en stokken die Rutger daar ooit had achtergelaten. Na twee dagen trommelde hij als een echte tamboer. Je had hem moeten zien stappen, de trommel met een touw om zijn hals, de stokken roffelend tot het halve dorp er gek van werd. Vorig jaar heeft Rutger hem een echte trommel gegeven.'

'Neem je hem echt mee?' vroeg Elena. 'Dat beweert hij. Hij heeft een ransel en stevige schoenen. Zijn vader dreigt met moord en doodslag, maar ik denk dat Pieter zich daar weinig van aantrekt.'

'Hij is vijftien, hij vergeeft het me nooit als ik hem niet meeneem. Het is alsof je iemand de belofte van de hemel zou afnemen.'

'Geloof jij in de hemel, Rafaël?'

'Jij niet?'

'Vader is in de hemel. En mama. Als ze daar evenveel ruzie maken als thuis, wil ik er niet eens naar toe.'

'Ook niet met mij?' vroeg hij. Zijn stem klonk plagend, maar zijn ogen verriedden hem.

Met jou wil ik zelfs naar de hel, mijn liefste, dacht ze.

*

Het afscheid van Rutger en Elena was kort.

'Moeder had gelijk, er zal opnieuw oorlog zijn', zei Rutger. Hij schudde zijn hoofd. 'Niet omdat de keizer het wil. Napoleon wil vrede en regeren over een Frankrijk dat binnen zijn oude grenzen ligt. Maar al de anderen willen hem weg hebben. Ze stellen voorwaarden die geen enkele Fransman kan aanvaarden. Wat ze echt willen is de vooruitstrevende nieuwe Franse ideeën weer de wereld uit helpen. Daarom zal er opnieuw gevochten worden.'

'Ik zal God en zijn heiligen bidden dat hij je spaart, Rutger. Russische vrouwen hebben verstand van bidden.'

'God heeft zijn eigen wegen, Elena. Je weet best dat die ondoorgrondelijk zijn.' Hij greep haar handen. 'Eén vraag voor ik vertrek. Zul je, als ik terugkom, mijn vrouw zijn?'

Ze werd bleek, maar ze sloeg haar ogen niet neer toen ze antwoordde. 'Ik ben jouw vrouw al, Rutger, voor God en voor de mensen.'

Zijn schouders zakten.

'Ja', zei hij. 'Ja, dat ben je.'

Hij kuste haar op de wang en liep weg zonder om te kijken. Ze wist dat ze hem erger had ontgoocheld dan wanneer ze botweg zou hebben geweigerd.

*

'Ga je mensen doodmaken, Pieter?'

Ze kauwde op de slip van haar schort en staarde hem met grote vraagogen aan.

'Nee, zusje, ik ga muziek maken.'

'Moet je daarvoor naar de oorlog gaan?'

'Ik wil muziek maken voor soldaten die naar de oorlog gaan. Om hen moed te geven. Een hart onder de riem steken.'

'Is dat niet gevaarlijk, Pieter?'

'Welnee. Ik ga heus niet zelf schieten. Het is niet gevaarlijker dan met mijn trommel door het dorp lopen.'

*

Eén dag na Rutgers vertrek werd het lichaam van Melanie uit de kasteelvijver gehaald. Ze had zich verdronken. Het was Elena die haar vond. Ze dreef op haar rug, haar bleke gezicht vredig naar de hemel gewend, haar donkerblauwe rok en haar zwarte haren breed uitgewaaierd op het water. De knechten haalden haar met lange staken naar de kant en brachten haar naar het kasteel.

Elena bad voor haar ziel, eerst in de taal van Melanie en daarna in het Russisch. Het was alsof ze met haar gebeden iets goed kon maken van wat haar landgenoten dit meisje hadden aangedaan. Ze rilde bij de gedachte dat het ook het lot van Louise had kunnen zijn. En het hare.

5.

Overal in Europa marcheerden weer legers. In Rusland, Oostenrijk en Pruisen, maar ook in het koninkrijk der Nederlanden haastten honderdduizenden zich naar de verzamelplaatsen, geharde veteranen uit vele oorlogen samen met onervaren, baardeloze rekruten met rode kaken als pas geplukte appels. Met blaren op hun voeten en luizen in hun hemd, de ruiters met doorgeschuurde dijen en schrijnend zitvlak, trokken ze naar hun afspraak met de geschiedenis, hun afspraak met de dood.

In Engeland werden nieuwe lichtingen geronseld uit het uitschot van de natie. Ze werden aangeworven in de krotten en onder de bruggen van Londen, geronseld onder oud-gevangenen en galeiboeven.

Voor het eerst trok Rafaël mee op als luitenant in een regiment van het Verenigd Koninkrijk der Nederlanden. Trots droeg hij de herkenningstekens, het wit van de vrijheid, het oranje van zijn koning, het blauw van de eindeloze hemel en trotser nog droeg hij zijn wapens: zijn gladgeschuurde degen met de rijkelijk bewerkte zilveren korf en zijn met ivoor ingelegd pistool. Hij bereed het beste paard uit de stallen van Hooghend, zijn kuras schitterde in de zon en de pluimen op zijn helm wuifden als hij trots rechtop voor zijn detachement kurassiers uitdraafde.

Elena, dacht hij, als Elena me nu zou zien...

Rutger lag aan de grens tussen Frankrijk en het Verenigd Koninkrijk der Nederlanden. Napoleon had daar zijn legers samengetrokken in de hoop een wig te drijven tussen de Pruisen en de Engelsen en hen om beurten te verslaan voor ze zich konden verenigen. Vandaag inspecteerde hij daar zijn troepen. De vlaggen en uniformen glansden in de zon, de manschappen joelden en voelden zich onoverwinnelijk. Was hun keizer niet teruggekeerd om hen opnieuw naar de overwinning te leiden?

Toen hij langs het derde regiment reed, dreef hij zijn paard recht naar de bevelvoerende officier. Zijn stem schalde met dezelfde metalen klank waarmee hij zijn troepen voor de grote veldslagen had toegesproken.

'Kapitein Rutger van Coudenberghe.'

Rutger verstijfde, zijn knieën krampten rond de flanken van zijn hengst. Als Napoleon iemand voor het front van de troepen toesprak, dan betekende dat een onderscheiding of een berisping. En aangezien hij in Rusland in gevangenschap was geweest en in het geheim als een vluchteling was teruggekeerd...

Zijn gedachten stonden stil.

'Uw soldaten kennen u, kapitein. Vandaag overhandig ik u het Erelegioen dat alleen aan de dappersten en de trouwsten wordt uitgereikt.'

Hij dreef zijn sneeuwwitte hengst tot vlak bij Rutger, rekte zich en speldde hem de onderscheiding op.

Rutger boog dankbaar het hoofd en presenteerde daarna zijn degen. Achter hem klonk drie keer het hoera van zijn mannen.

Opnieuw overstemde de stem van Napoleon het geroep.

'Vanaf vandaag wordt u officier in de oude garde.'

Even zat Rutger roerloos. Het erelegioen was een grote erkenning, maar deel uitmaken van de legendarische oude garde was dat nog meer.

Van de rest van de parade herinnerde hij zich achteraf weinig. Zijn vrienden dromden om hem heen, klopten hem op de schouder en noemden hem een geluksvogel en bij de leden van de oude garde, waar hij dezelfde dag nog naar verhuisde, werd hij als een gelijke verwelkomd. De warme vriendschap van de veteranen, gehard in vele slagen, omringde hem. Hij voelde zich alsof hij na lange tijd eindelijk was thuisgekomen. Die nacht droomde hij voor het eerst sinds lang niet van Elena.

*

Vroeg in de morgen, terwijl Rafaël zijn mannen inspecteerde, weerklonk in de verte kanongebulder.

'De Fransen vallen aan bij Ligny', riep een langs ijlende koerier.

'Dan krijgen de Pruisen het vandaag hard te verduren', zei de sergeant, een oudgediende die zijn strepen bij Leipzig had verdiend en die door hun kolonel aan Rafaël als ordonnans was toegevoegd om zijn jeugdige overmoed wat in te tomen. 'Liever zij dan wij.'

Rafaël zette zijn inspectie voort: musketlopen, bajonetten, kruithoorns, kogels, alles werd minutieus gecontroleerd. Van elk van die details kan het leven van een soldaat afhangen, hadden de leraren op de cadettenschool er bij de leerlingen ingehamerd. Ondertussen verwachtten ze elk ogenblik het bevel tot oprukken te krijgen, maar toen de avond viel en de rook van de veldkeukens zich mengde met de laaghangende wolken, lagen ze nog altijd in hun bivak.

Ook de volgende dag duurde het wachten voort. Opnieuw voerde de wind de geluiden van gevechten mee.

Pieter, trots als een pauw in zijn gloednieuwe uniform van tamboer, zijn trommel aan een brede oranje bandelier, liep roffelend door het kampement tot een paar soldaten dreigden hem met instrument en al in de rivier te gooien als hij niet met dat verdomde lawaai ophield.

'Wanneer vallen we aan, luitenant?' vroeg hij Rafaël verongelijkt. 'Ik heb alle roffels geoefend tot ik ze uit het hoofd kende, maar als de Pruisen de Fransen in de pan hakken, is de oorlog meteen voorbij en zijn wij helemaal voor niets zo ver gemarcheerd.'

'Jouw tijd komt nog wel, Jan tamboer', bromde de sergeant. 'Dit is jouw eerste soldatenles: geduld, de oorlog zal jou niet vergeten en op een dag haalt hij je wel in.'

Op dat ogenblik kwam het bevel de gevechtsstellingen te betrekken.

De prins van Oranje stelde zijn mannen verspreid op rond Quatre-Bras, zodat zijn leger groter leek dan het in werkelijkheid was. De batterijen werden verankerd, de veldartillerie in stelling gebracht en de regimenten namen, detachement per detachement, hun posities in.

Naast hun opgetuigde paarden wachtten ze stram rechtop, met gespannen zenuwen. Rafaëls hoofd voelde ijl en leeg en in zijn maag lag een loden bol. Hij zag de Fransen door de velden oprukken, lange kleurrijke rijen met grimmige gezichten, hun lange musketten met glanzende bajonetten dreigend voor hen uit. Kurassiers in donkerblauwe uniformen waaierden in gestrekte draf uit naar de flanken van hun verdediging.

Een trompet schetterde het bevel om op te rukken. De mannen stegen op en dwongen hun paarden in een lange rij. Rafaël ging hen met geheven sabel voor en Pieter huppelde naast hem, zijn trom krijgshaftig roffelend. Ze verlieten de beschutting van de huizen. Kogels floten om hen heen, enkele paarden hielden bruusk in alsof ze tegen een muur waren opgelopen en mannen vielen. Ze gleden in een vertraagde beweging uit het zadel of stortten met gespreide armen achterover. Rafaël keek er verwonderd naar: een paar van hen lagen doodstil, als weggegooide marionetten, anderen kropen kreunend naar de bescherming van een gracht. Nog anderen bleven in de stijgbeugels hangen en werden door de op hol geslagen paarden meegesleurd.

Rafaël vermande zich.

'Vooruit!'

Ze sprongen over een meidoornheg en reden dwars door een korenveld, de nog groene halmen vertrappelend. Granaten ontploften en de scherp ruikende kruitdamp wolkte om hen heen. Voor hen doemde een verwarde rij luid brullende mannen op die door het koren struikelden. Nog voor de ruiters hen bereikten, knielden ze neer, schoten weerklonken, oranje vlammetjes bloeiden eventjes op, kogels floten en opnieuw tuimelden ruiters uit het zadel.

Rafaël hoorde de zucht van voorbijzoevende projectielen en was verwonderd dat geen ervan hem raakte. Hij dreef zijn mannen als een wig door de Franse gelederen en liet ze keren. Daarna was er alleen nog verward en bloedig handgemeen. Bajonetten en sabels flitsten, gezichten doken op en verdwenen weer.

Op de academie had Rafaël verslagen gelezen van grote veldslagen. Het leek alsof de schrijvers ervan als adelaars vanaf grote hoogte alles hadden gevolgd. Ze konden elk detail waarnemen, elke beweging van de legers, zet en tegenzet en hij had gedacht dat hij de oorlog ook echt op die manier zou beleven. Nu zat hij er middenin en zag alleen wat vlak rond hem gebeurde.

Zijn paard wendend en kerend viel hij Fransen aan, sloeg een musket opzij, ontweek een bajonet die recht naar zijn hart werd gestoken, maar toen hij het hoofd van zijn hengst achterover rukte, zodat hij briesend steigerde, vond hij niet meteen een nieuwe tegenstander.

Een mees vloog op als een felblauwe flits, het vechtende kluwen voor hem viel open als een middendoor gesneden vrucht en aan de andere kant van de open ruimte stond Pieter met groot opengesperde ogen vol panische angst en slap neerhangende armen. Toen werd de open ruimte alweer gevuld met vechtenden. Rafaël liet zijn paard dansend draaien en probeerde zijn mannen bij elkaar te houden, maar ieder vocht voor zichzelf.

Erg dichtbij schetterde een trompet triomfantelijk en van rechts stortte een groep Franse ruiters op hen neer.

'Aansluiten', brulde de sergeant.

Ze slaagden erin een dicht op elkaar gedromde ring van paardenlijven en staal te vormen en de Fransen joegen alweer verder, op zoek naar gemakkelijkere prooien.

Plotseling was het stil om hen heen. Een vogel floot. Rafaël liet zijn sabel zakken. Zijn bloed daverde nog door zijn lijf en zijn handen trilden. Nu pas merkte hij dat de mouw van zijn tuniek gescheurd was en dat een lange schram over zijn onderarm liep. Vol afschuw zag hij hoe de paarden de gesneuvelden hadden vertrappeld en hoe zwaargewonden smekend hun armen naar hem uitstaken. Tussen de platgetrapte halmen lagen geknakte papavers, maar er waren nog meer en andere donkerrode vlekken.

Een trompet blies korte signalen en vanuit het dorp flitsten wimpels.

Rafaël wierp een vragende blik op de sergeant, die knikte. 'Terug. In galop terug naar Quatre-Bras', beval hij.

Uit de laaghangende wolken viel een miezerige regen die het slagveld nog troostelozer maakte.

Ze namen hun oude stellingen weer in en zagen dat de troepen van de prins van Oranje overal hadden standgehouden. Rafaël zocht Pieter, maar kon hem nergens ontdekken.

'Daar', wees een van de mannen.

Hij lag tussen andere gewonden die op een kar daarheen waren gebracht. Een troosteloos hoopje verhakkelde lichamen. Hij lag op zijn zij, zijn stokken nog steeds in zijn verkrampte handen, maar zijn trommel was verdwenen. Op zijn slaap gaapte een grote wond vol gedroogd bloed.

Rafaël sprong van zijn paard en boog zich over hem heen.

'Pieter, jongen...'

'Ik heb de hele tijd...' fluisterde Pieter, '... de hele tijd...' een glimlach gleed over zijn gezicht, vluchtig als een vlek maanlicht tussen wolken, toen viel zijn hoofd opzij, zijn ogen naar de grijze hemel gericht.

Minutenlang stond Rafaël roerloos, toen sloot hij Pieters ogen en kwam langzaam overeind. Hij kreunde. Hoe moest hij in godsnaam de smid en zijn vrouw vertellen dat hun jongen nooit meer thuis zou komen? Was de dood van Pieter zijn schuld omdat hij hem hierin had meegesleurd? Maar daarna bedacht hij dat niemand Pieter had kunnen beletten dienst te nemen in het leger. Hij herinnerde zich zijn eigen woorden tegen Elena. *Kun je iemand de belofte van de hemel afnemen?*

De volgende dag trok het leger zich terug. De prins van Oranje had dan wel Quatre-Bras kunnen behouden, maar omdat de Pruisen bij Ligny door Napoleon waren verslagen, werden de geallieerde legers opnieuw geconcentreerd rond Waterloo.

Twee dagen lang regende het. Kletsnat en hongerig ploeterden de soldaten door de taaie modder. 's Nachts school Rafaël met zijn mannen onder een haastig opgezet tentje. Ze zaten rug aan rug tegen elkaar aangedrukt en door het monotone tikken van de regen op het linnen vielen de meesten in slaap. Ook Rafaël dommelde een paar keer in, maar schoot telkens onrustig wakker. Hij zag weer de verschrikkelijke taferelen voor zich en wist dat hij nooit meer op dezelfde manier over de oorlog zou denken. Oorlog werd niet gevoerd door onverschrokken, heldhaftige mannen waarbij de dappersten het overleefden en de zwaksten sneuvelden. Oorlog, dat waren duizenden willekeurig afgevuurde kogels, granaten en obussen die sissend, fluitend en gierend hun blinde baan aflegden, die zich in de grond boorden, in muren, in barricaden of in levend vlees, die spieren, hersenen, longen, magen en ingewanden doorboorden, die een eind maakten aan dromen en verlangens.

Ik heb aan deze waanzin meegedaan, dacht Rafaël, en morgen zal ik er opnieuw doorheen moeten. Hij dacht aan Rutger, die dit al zo vaak had meegemaakt. Rutger! Er was vast zwaar gevochten bij Ligny. Zou hij het overleefd hebben?

Hij wurmde zich naar buiten. De regen had even opgehouden en de maan zeilde groot en wit tussen de voortjagende wolken. Hij huiverde. Hij kon zich het korenveld voorstellen in dit koude licht, de papavers en de roerloze gestalten die daar lagen.

*

Ook Rutger keek naar de bleke maan. Zijn bataljon was slechts één keer ingezet om tegen de avond een gehucht te heroveren waar de Pruisen zich na zware gevechten hadden genesteld. Het werd een bloedig karwei waarbij enkele van zijn nieuwe vrienden sneuvelden en een aantal zwaargewond raakten, maar zelf bleef hij ongedeerd.

Achteraf hadden ze hun intrek genomen in een paar armoedige lemen huisjes met strooien daken. Ze hadden takken verzameld in de boomgaarden en de bermen, maar het natte hout brandde slecht en de rook beet in hun ogen en dus verzamelden ze de schamele meubelen, de tafels, krukken en kasten en maakten daarmee een lekker vuur om hun rantsoenen op te warmen.

Omdat hij niet kon slapen, was hij naar buiten gelopen, voorzichtig tussen de lichamen van de onrustig slapenden door, en was met zijn rug tegen een boom gaan zitten.

Zachtjes prevelde hij de bezwering die alle soldaten voor het gevecht fluisterden, ook diegenen die spotten met alle bijgeloof. 'De kogel waarop mijn naam staat, werd nog niet gegoten.'

Hij keek neer op de velden en de weg die naar het noordwesten voerde en hij wist dat de gevechten van vandaag maar een inleiding waren geweest, dat de definitieve slag nog moest worden geleverd en hij bad: 'Spaar mij ook morgen, Heer. Ik heb het u nooit eerder gevraagd, maar nu ik zoveel heb om voor te leven, spaar mij van de kogels, de bajonetten, de zwaarden.'

In het maanlicht leek het alsof schimmen door de velden zwierven: soldaten met afgehakte armen, met gekloven schedels, met handen die hun uitpuilende ingewanden in hun buik probeerden te persen... Hij sloot zijn ogen, maar de beelden bleven en huiverend kroop hij dieper in zijn mantel. Toen hij zijn ogen weer opende, zeilde de maan achter een wolk, het land verduisterde, de schimmen verdwenen. Maar Rutger wist met plotselinge zekerheid dat ze zouden terugkomen en dat hij een van hen zou zijn.

Een schim tussen duizenden andere schimmen.

Eén keer nog bad hij. Voor een snelle, genadige dood.

*

Twee dagen lang striemden stortregens het land en rolden onweders grollend over de heuvels, maar op zondagmorgen achttien juni van het jaar onzes Heren 1815 brak de zon 's morgens eindelijk door boven de dampende velden. Witte wolken joegen elkaar achterna, alsof ze te laat waren voor een afspraak. Opnieuw werden de legers in stelling gebracht, maar omdat de velden nog te modderig waren voor het opstellen van de zware kanonnen werd het sein voor de aanval pas 's middags gegeven.

Rafaëls detachement dat bij Quatre-Bras sterk was uitgedund, werd pas ingezet toen de zon al naar de horizon zakte. Ze stormden over een holle weg tegen een heuvel op. Even dacht hij aan thuis: de weg die in het bos tussen twee bermen van de vijver naar de heuveltop leidde, zag er net uit als deze, met felgele boterbloemen en margrieten aan de zonkant en mos en varens aan de schaduwkant.

Kogels floten, een Franse batterij vuurde, een brede vlam sloeg uit de heuvel, de donder rolde naar beneden en de ruiters werden als door een reuzenhand neergeslagen. Rafaël lag onder zijn stuiptrekkende paard. Op het eerste ogenblik voelde hij zijn wond niet eens. Hij trok met veel moeite zijn been onder het paard vandaan en wilde overeind kruipen. Toen klauwde de pijn zijn borst open. Hij tastte onder zijn verrafelde tuniek en voelde warm, kleverig bloed.

Ik ga dood, dacht hij in paniek.

Overal om hem heen weerklonk gekerm en gekreun. Hij wist dat hij moest bidden, maar slaagde er alleen in te denken hoe spijtig het was. Zo ongelooflijk spijtig dat hij nooit...

Toen hingen de klauwende paarden in de lucht, de blauwe hemel was onder hem en draaide als een kolk om hem heen.

*

Een goedgemutste Napoleon inspecteerde 's morgens zijn dragonders, ulanen, jagers, jonge en oude garde.

'De Engelsen maken geen kans, vanavond slapen we als overwinnaars in Brussel', vertrouwde hij zijn stafofficieren toe.

Ongeduldig wachtte hij tot de zon de modder zou opdrogen, zodat zijn troepen zich volgens zijn plannen zouden kunnen ontplooien, maar hij besefte niet dat de Pruisen ondertussen in ijlmarsen naderden en dat hij kostbare uren verloren liet gaan.

's Middags was het eindelijk zover. Kanonnen braakten bulderend hun dodelijke ladingen uit, scherpschutters zetten de aanval in, infanteristen en jagers volgden. In een weerzinwekkende orgie van geweld en bloed sneuvelden in de volgende uren aan beide zijden tienduizenden soldaten.

Laat in de middag kreeg Napoleon het bericht dat een nieuwe troepenmacht naderde. Rutger, stijf en stram van het lange wachten, moe, hongerig en ongeduldig het lot zijn gang te laten gaan, besefte als een van de eersten dat het de Pruisen waren die de Engelsen ter hulp snelden.

Om de slag te beslissen nog voor de Pruisen ertussen konden komen, gooide Napoleon zijn laatste troef op tafel: hij zette de garde in.

Veel stafofficieren twijfelden nog. 'Zij zijn onze laatste hoop. Als zij verslagen worden...'

Maar de keizer zette door.

Tamboers roffelden, trompetters hieven hun slanke instrumenten naar de hemel en braken met hun helle stoten de dag aan stukken, vaandels met trotse adelaars, symbolen van vele overwinningen, werden geheven.

Drie kanonschoten gaven het sein voor de aanval. In gesloten formatie stapten ze vooruit, onder het ophitsende gebonk van oorlogstrommels. Het had lang geduurd voor Rutger hun ritme begreep, maar nu voelde hij het in zijn lijf: het was het ritme van zijn eigen hart, van het kloppen van zijn bloed. Hoe sneller de trommels roffelden, hoe wilder zijn hart ging slaan.

Om hen heen klonken opgewonden kreten: 'De garde valt aan.' Velen putten nieuwe moed uit hun aanwezigheid op het slagveld.

Rutger vocht verbeten, maar zonder de roes die je verder drijft dan je eigen krachten, de roes die je onkwetsbaar en onoverwinnelijk maakt. Koel en beredeneerd, zijn hart als een ijzige klomp, leidde hij zijn mannen naar het hart van de tegenstander. Ze volgden hem, de veteranen van Egypte, Austerlitz en Rusland, ze vorderden stap voor stap, onverbiddelijk. Kurassiers die te voet verder vochten omdat hun paarden onder hen waren weggeschoten, sloten bij hen aan en namen de plaatsen van gevallenen in. Zij die het overleefden, zouden later aan hun kleinkinderen vertellen: in Waterloo vocht ik samen met de oude garde. De dood was overal. Kogels verbrijzelden schedels, doorploegden ingewanden, granaten maaiden hele rijen mannen weg, maar ze stapten verder, onwrikbaar.

'Daarginds', wees Rutger, naar de plaats waar de vijandelijke standaard uitdagend wapperde achter een dood en vernieling zaaiende batterij. Langs bosjes en muren van zwerfkeien, door open veld vochten ze zich grimmig een weg voorwaarts, stap voor stap, maar de mannen die vielen, werden niet meer vervangen en het groepje met wonden overdekte mannen werd snel kleiner.

'Carré vormen', brulde Rutger. Hij gebaarde naar de mannen en de veteranen begrepen meteen zijn bedoeling. Vijftig, zestig man sloot aaneen, een stalen eiland in een rusteloos heen en weer deinende zee. Van alle kanten werd nu op hen geschoten en één voor één vielen ze.

Rutgers arm werd loom en traag. Hij ademde moeilijk, want de lucht zat vol kruitdamp, dik als donderwolken met de gloed van vurende kanonnen erdoorheen.

Een Engelse kolonel die medelijden had met deze dappere mannen, riep: 'Geef u over!'

Maar Rutger wist het: de garde sterft, maar geeft zich nooit over en ook al zijn mannen wisten het.

Hij keek naar de hemel, die als een vuile deken over de dwaze wereld van de mensen spande. Op het ogenblik dat een sabel op hem neerflitste, zag hij daar een gezicht: weemoedige ogen boven sterke jukbeenderen...

Nutteloos, dacht hij, terwijl een hel wit licht hem overspoelde, allemaal nutte...

Toen stortte hij neer.

De avond viel en op het slagveld lagen tienduizenden doden en evenveel stervenden.

*

Om hem heen lagen alleen doden. Roerloze lichamen verkrampt in groteske houdingen, de schitterende uniformen opengereten en vol bloed en slijk. De vijand was verdwenen, de plunderaars waren geweest – van zijn rechterhand die vlak voor zijn ogen lag, was de ring met de amethist verdwenen.

Ondanks de ijlte in zijn hoofd herinnerde hij zich de oude soldatenwijsheid: als je op een slagveld weer bij bewustzijn komt, hou je dan stil en kijk langzaam om je heen voordat je overeind komt.

De nevels golfden langs de bosrand. Plotseling verscheen daar de gedaante van een gebogen man met een takkenbos op de rug, maar meteen verdween hij weer. Misschien had hij het gedroomd, misschien was dit alles alleen maar een boze droom en zou straks bij het wakker worden Elena er zijn...

Toen hoorde hij stemmen.

'Hierlangs.'

Zijn hoofd werd opgebeurd.

'Deze leeft nog.'

Voorzichtige handen namen hem op en legden hem op een draagbaar. Wiegende stappen droegen hem weg, de brancard schommelde en hij voelde zich bijna behaaglijk. Hij werd neergezet tussen honderden andere zwaargewonden. Tientallen fakkels verlichtten de plaats. Was dit de hel of het voorgeborchte met het rosse licht, de misselijk makende geur van bloed, de verhakkelde lichamen en de donkere schaduwen die daar tussendoor gleden?

Een dokter betastte zijn wond.

'Hé, soldaat! Kom hier eens bijlichten. Pas op met die fakkel of je verschroeit zijn gezicht.'

Handen overal op zijn lichaam. Er was iets met zijn borst, maar wat precies wist hij niet.

'Breng hem naar de tent. Ik zal proberen de kogel te verwijderen.'

Het licht dat onder de linnen koepel hing, verblindde hem. Was hij dan toch in de hemel? Maar waar was dan het engelengezang? Waarom hing hier zo'n doordringende geur van rook en bloed, waarom wolkte de stoom uit de kookpotten? Hij sloot zijn ogen, vastbesloten niet meer te denken. Slapen. Toen scheurde een gloeiend hete pijn door zijn borst en hij gilde één keer, maar de schreeuw ging verloren in het gekerm om hem heen.

Zijn kleren werden weggesneden.

'De kogel is tussen twee ribben doorgedrongen', zei de arts tegen zijn assistent. 'We zullen een stukje rib wegzagen en proberen de kogel eruit te halen. Daarna hangt het er allemaal van af hoe zwaar de long is toegetakeld.'

Hij greep een bebloed zaagje. Ondertussen verhitte de assistent een brandijzer boven gloeiende kolen.

Plotseling spatte het bloed uit de wond op de handen van de chirurg. Hij nam het brandijzer en drukte het in de wond om hem dicht te schroeien. Een dikke walm steeg op en in de tent hing nu boven de stank van bloed en ingewanden de geur van verschroeid vlees.

'Verband', zei de chirurg en hij wendde zich tot een andere tafel waarop een andere kreunende patiënt lag.

*

Elena kon niet slapen. Rafaël en Rutger... Rutger en Rafaël... De namen en gezichten spookten door haar hoofd. Misschien waren ze allebei dood, misschien hadden ze het allebei overleefd. Maar wat als een van hen gesneuveld was, Heer in de hemel, wat hoopte haar hart? Wie van beiden...? Ze maakte de gedachte niet af, maar de gezichten lieten zich niet uitwissen, net zomin als de gedachten. Een van beiden...

De wind blies de witte gordijnen naar binnen en naar buiten, een reusachtige mond die in- en uitademde.

Ze stond op, trok een kamerjas aan en ging naar het terras. De zwoelte van de dag hing nog rond het huis, maar van over de heuvels viel de kilte van de nacht. De hemel stond vol sterren en de ronde kasseien van het binnenplein glansden in hun licht als bleke schedels. Ze schudde haar hoofd. Ze mocht nu niet denken aan de dood. Eén van beiden... Als haar gebeden konden beslissen wie van hen...

Een uil vloog langs en raakte met zijn vleugelpunt bijna haar hoofd. Ze gilde.

'Rustig', zei een stem. 'Het is maar een uil.'

Geschrokken keek ze om. De gravin legde een hand op haar schouder.

'Ik hoorde je opstaan en omdat ik zelf ook niet kon slapen, ben ik je gevolgd', zei ze. 'Je dacht aan hem, is het niet?'

Elena knikte.

'Het niet weten, is zo erg', zei ze. 'Alles is beter dan deze onrust, zelfs het ergste.'

'Jij denkt aan je man. Ik heb twee zonen op het slagveld. Ik bid voor allebei. Heer, spaar Rutger, Heer, spaar Rafaël. Maar ondertussen denk ik: misschien vindt God dat ik te veel vraag, misschien moet ik bidden dat hij een van beiden spaart. Die gedachte verscheurt me, geen enkele moeder kan die keuze maken.'

Jouw tweestrijd is ook de mijne, moeder, dacht Elena. Rutger, Rafaël, Heer, laat me niet kiezen.

Ze rilde en liet zich weer naar binnen leiden.

6.

Napoleon was verslagen en deze keer was het definitief. Engelsen, Pruisen, Nederlanders, Oostenrijkers... allemaal waren ze overwinnaars, maar op Hooghend heerste de angst donker als de vleugels van nachtraven. Noch van Rutger, noch van Rafaël kwam een bericht. Er zouden tienduizenden doden zijn aan beide kanten, werd gezegd, de velden rond Waterloo lagen vol gesneuvelden, als appels in een boomgaard na de storm. De kranten werden koortsachtig gelezen, de lijsten met gesneuvelden en gewonden zorgvuldig uitgespeld.

Precies drie weken na de slag kwamen op dezelfde dag twee boodschappers naar Hooghend. De eerste kwam in de vroege ochtend. Hij droeg nog resten van zijn uniform van de Franse garde, maar zijn sjako had hij geruild voor een werkmanspet en over zijn tuniek hing een vest van een onbestemde kleur. Hij sjokte achterdochtig door de laan, voortdurend achteromkijkend, alsof hij vreesde elk ogenblik opgepakt te worden.

De gravin had het bevel gegeven elke vreemdeling rechtstreeks bij haar te brengen. Toen een lakei hem in de salon aandiende, werd ze doodsbleek, want ze herkende de resten van zijn uniform en wist in een flits dat hij een onheilsbode was. Louise sloeg haar hand voor haar mond en kreunde.

'Meneer?'

Hij schuifelde met zijn voeten, zijn pet onwennig in zijn hand.

'Dit is het kasteel van Coudenberghe?' vroeg hij.

Elena, door de bedienden gewaarschuwd, rende doodsbleek de kamer binnen.

'Heb je bericht van Rutger?' vroeg de gravin.

Haar donkere ogen smeekten. Alsjeblieft. Zeg dat hij gevangen is, gewond, zeg dat hij binnenkort...

'Ik was bij hem, mevrouw, toen hij...'

Hij sloeg de ogen neer.

Elena voelde hoe een ijzige hand zich rond haar hart sloot.

'Is hij...?'

'Hij was de dapperste van ons allen.'

Was. Verleden tijd. Zo spreek je over doden, wisten ze met ontstellende zekerheid.

De boodschapper sprak nu vlug, blij dat hij de woorden vond om zijn onheilstijding te brengen.

'Hij is gesneuveld toen de garde een laatste aanval inzette. Een wanhopige poging van de keizer om het lot te keren. Ik vocht naast hem toen...'

Ze stonden doodstil, een bevroren tafereel. De woorden stortten op hun hoofden en verdoofden hen.

'Heeft hij...?' vroeg de gravin. 'Ik bedoel: een boodschap, voor mij, zijn moeder, voor zijn vrouw...?'

Elena liet zich neerzakken op een stoel, want ze vertrouwde haar benen niet. Louise snikte.

'Hij was op slag dood, mevrouw. In het gevecht...'

Hij haalde de schouders op. Hoe zouden vrouwen zich kunnen voorstellen hoe het op het slagveld toeging? Dat in die waanzinnige orkaan van vuur en bloed geen tijd of plaats was om afscheid te nemen.

'Zijn lichaam...'

Haar stem klonk hongerig. Heer, laat me ten minste deze troost, dat zijn lichaam op een christelijke manier begraven wordt.

Opnieuw haalde hij de schouders op. Tienduizenden waren begraven in massagraven waarover kalk was gestrooid. Anderen lagen nog in het veld, hun handen klauwend in de modder of hun wijd open ogen verwijtend naar de lege hemel gericht. Wie zou zich om hen nog bekommeren?

Elena begreep datgene waarvoor hij geen woorden vond. Waarom herinnerde ze zich plotseling huiverend de verzen uit de bijbel? *En de vogelen des velds zullen zich verzadigen aan hun vlees...* Rutgers fijne gezicht, zijn begrijpende ogen, zijn slanke handen...

Haar hoofd werd ijl, de kamer draaide om haar heen en ze gleed van haar stoel. Bedienden snelden toe met vlugzout en ze werd weer bijgebracht.

De gravin wendde zich tot de bode.

'We zijn je dankbaar. We begrijpen welk risico je hebt genomen om ons dit bericht te brengen. Wees onze gast. We zullen je kleren bezorgen en geld voor de rest van je reis. Maar eerst moet je op krachten komen.'

De tweede bode kwam laat in de middag toen de zon al achter de bomen wegzakte en de bewoners van Hooghend verdoofd door hun verdriet bij elkaar zaten. Hij bereed een glanzend bruine ruin en droeg een schitterend uniform met de kleuren van de prins van Oranje. Hij was jong en onhandig in het overbrengen van zijn boodschap.

'Uw zoon, Rafaël van Coudenberghe, luitenant in het derde regiment kurassiers...'

Ze hielden hun adem in, hun rood behuilde ogen hingen aan zijn gezicht. Elena wist dat een ongeluk nooit alleen kwam, dat hij zo dadelijk zou zeggen dat ook Rafaël...

De angst kroop ijskoud uit haar benen omhoog, verkrampte haar buik, legde een ijzige steen in haar maag, kneep haar keel dicht. Angst, God en alle heiligen van mijn eigen Rossieja, sta me bij. Als ook Rafaël... dan bevriest mijn hart zoals alles bevriest in onze verschrikkelijke Russische winter.

De angst vrat zich als een nest ratten een weg door haar buik, angst zwart als de nacht en rood als hoog oplaaiend vuur. Angst om wat nu onvermijdelijk volgen moest, angst dat ook Rafaël... Heer in de hemel, niet Rafaël!

'Hij werd gewond in Waterloo.'

Alle drie lieten ze hun ingehouden adem ontsnappen. Gewond? Betekende het dat hij...?

'Hij heeft twee weken op de rand van de dood gezweefd. Maar hij is sterk, de dokter zegt...'

Ze probeerden de betekenis van de woorden van zijn gezicht af te lezen.

'Hij zegt dat iets hem in leven heeft gehouden over de grens van zijn eigen krachten heen. Iets waarvoor hij ten koste van alles wilde leven.'

'Hij leeft?' vroeg Elena gretig.

De man knikte.

'Hij leeft en herstelt. Van de dokter mag hij binnen een paar weken naar huis worden gebracht.'

'En zijn wond?' vroeg de gravin.

Hij haalde zijn schouders op en spreidde zijn handen.

'Ik ben geen dokter. Zo is het mij gezegd en zo moest ik het herhalen: luitenant Rafaël van Coudenberghe is de dood nabij geweest, maar hij herstelt en wordt binnen twee weken naar huis overgebracht.'

Toen ook deze bode in een andere vleugel was geïnstalleerd en de dienstboden de opdracht hadden gekregen beiden als voorname gasten te behandelen, zaten de drie vrouwen bij elkaar.

'We zullen bidden voor de ziel van Rutger en voor het herstel van Rafaël', zei hun moeder.

'Misschien', zei Louise, ze aarzelde en keek verwijtend naar Elena alsof die daar schuld aan kon hebben, 'misschien had Rutger zijn laatste geluk opgebruikt in Rusland.'

De avond kwam op kousenvoeten en vulde de kamer met schaduwen, maar de tot op het bot gekwetste vrouwen zaten roerloos in de cocon van hun verdriet.

*

Rafaël kwam in een karos, bleek en mager. In zijn scherpe gezicht lichtten zijn ogen koortsig op toen hij Elena zag.

'Rutger?' vroeg hij toen hij aan de arm van Louise langzaam de trap naar het bordes opstapte.

Ze boog het hoofd.

'We dachten dat je het wist.'

Toen pas merkte hij dat ze alle drie zwarte rouwkleren droegen. Hij verstrakte, zijn ogen werden donker als een plas waarover de schaduw van een wolk glijdt.

'Hoe... hoe is hij...?'

'Er was een soldaat van de garde. Hij zei dat Rutger gevallen was bij de laatste aanval van de oude garde.'

Zijn moeder knielde naast de stoel waarin Louise en Elena kussens hadden geschikt en waarin hij buiten adem uitrustte.

'Vertel me, Rafaël, was jij toen...? Ik kan niet meer slapen voor jij die vraag hebt beantwoord: waar was jij toen Rutger sneuvelde?'

Ze kreeg de vreselijke woorden met moeite over haar lippen.

Hij legde zijn hand op de hare.

'Nee, moeder. Met de dood van Rutger heb ik niets te maken en hij niets met mijn verwonding. Dat Napoleon zijn oude garde als laatste wanhoopspoging in de strijd wierp, heb ik achteraf in het lazaret horen vertellen. Ik was op dat ogenblik al lang gekwetst en heb uren tussen de doden gelegen.'

Ze zagen dat hij rilde onder zijn uniformjas en Elena huiverde. Rafaël had dood kunnen zijn, net als Rutger. Alleen al de gedachte maakte de wereld grijs, haar hoofd ijl, haar benen en armen zwak.

'Dan dank ik God daarvoor', zei de moeder.

*

Achterin het park was een plek afgesloten door bemoste muren en een hoog verroest ijzeren hek met spijlen in de vorm van brede lanspunten. Daar lagen een aantal grafkelders, grijs en massief, gebouwd voor de eeuwigheid. Generaties van Coudenberghes lagen er naast elkaar, verenigd in de dood.

De grond was drassig van de nachtregen, het gras nog nat en de dauw fonkelde als diamanten, maar de laatste wolken verwaaiden en de zon toverde regenboogjes in de dauwdruppels.

De donkere notenhouten kist met een koperen plaatje waarop Rutgers naam was gegraveerd, stond op een baar. De dragers hadden zich teruggetrokken, hun pet in hun hand, ze keken onwennig bij deze vreemde begrafenis zonder lichaam. Af en toe sloegen ze stiekem een kruis, alsof ze boze geesten moesten bezweren.

De priester bad, maar de wind verwaaide zijn woorden.

'... waar vermoeide soldaten... in alle eeuwen... *in paradisum deducant te angeli...*'

Elena luisterde nauwelijks. Ze kon geen droefheid voelen bij deze lege kist en waar Rutger echt begraven lag, dat wilde ze zich niet eens voorstellen.

Een zonnestraal viel op het koperen plaatje en werd vrolijk weerkaatst. De priester stapte plechtig rond de kist met kwispel en wijwatervat. Daarna vatte hij opnieuw post tussen de misdienaars, die beiden een groot koperen kruis droegen waarin de zon bliksemde met lansen van licht. In de verte beierden onafgebroken de doodsklokken van de dorpskerk. De stem van de priester klonk nauwelijks boven het gebeier en het ruisen van de wind uit.

'Zo vertrouwen we u, graaf Rutger van Coudenberghe, aan de eeuwigheid toe.'

De kist werd in de kelder geschoven.

Elena keek op onder haar zwarte voile. Over Rafaëls gezicht rolden tranen. Hij ving haar blik op, zijn gezicht verstrakte en zijn mond plooide in een harde, afwijzende grijns. Ze was bang. Verschrikkelijk bang dat wat nog niet begonnen was, meteen al voorbij was. Ze wist dat haar gedachten bij Rutger moesten zijn, die hier symbolisch in de grafkelder werd gelegd en een tijdlang stond zijn gezicht ook scherp voor haar. Mager, ernstig, bezorgd en teleurgesteld, zoals hij gekeken had bij hun laatste afscheid. Maar als ze haar ogen opsloeg...

'Heer, sta me bij', kreunde ze. Haar schoonmoeder greep haar arm alsof ze haar wilde ondersteunen en aan de andere kant omknelde Louise haar elleboog.

Na afloop, terug in het huis, werd ze moederlijk omringd. Ooms en tantes, nichten en neven die van overal, tot uit Nederland toe, waren overgekomen 'begrepen haar verdriet' en 'wensten haar sterkte' en 'ze mocht gerust huilen, tranen waren geen schande...'

En Louise zei: 'Ze kan nog niet huilen, haar verdriet is nog veel te groot.'

Rafaël zei niets, hij zat somber in een hoek en dronk te veel.

*

Nadat de gasten naar huis waren gegaan, hadden ze gegeten op het terras, maar toen de wind de eerste koelte van de avond meevoerde, waren Louise en haar moeder naar binnen gegaan.

'Een schertsvertoning', zei Rafaël bitter.

Elena keek hem vragend aan.

'De begrafenis. Het hele gedoe. Een komedie. De klokken luidden, de pastoor sprenkelde zijn wijwater en liet de wierook wolken, maar met Rutger had dat niets te maken en ook niet met de eeuwigheid.'

'Het is een symbool, Rafaël. Een manier om afscheid te nemen van Rutger. Een manier om een deur te sluiten die anders altijd open zou blijven staan.'

Rafaël volgde zijn eigen gedachten. Het leek alsof hij voor zichzelf sprak.

'In het lazaret lag een kolonel uit Brussel naast me. Zijn vrouw kwam hem ophalen. Ze zei dat ze het slagveld had bezocht, van Quatre-Bras tot Waterloo. Bezocht, zei ze, alsof ze naar de schouwburg was geweest. Afgrijselijk, zei ze en ze hield bij de herinnering aan de stank haar geparfumeerde zakdoekje voor haar mond.'

Elena zat doodstil. Een mot cirkelde om de kaarsen die op tafel stonden.

'"Ik heb wat souvenirs meegenomen", zei ze.'

Nijdig viel hij uit: 'Misschien kunnen we samen raden wat ze had meegenomen: een zilveren ridderorde, gouden generaalsepauletten, Pieters trommel, Rutgers sabel...'

'Niet doen, Rafaël, je doet me pijn.'

'Dacht je dat ik mezelf geen pijn deed?'

'Rutger is dood', zei ze. 'Jij leeft.'

Hij lachte schamper.

'Ik leef. Met littekens op mijn lijf en nog meer littekens op mijn ziel en met kapotte longen. Maar ik leef!'

Plotseling lag er haat in zijn blik.

'Wat ben jij voor een vrouw? Je man is dood en jij bent blij dat ik leef.'

'Rutger is dood', knikte ze. 'Mag ik alsjeblieft blij zijn dat jij leeft?'

Ze probeerde alle emotie uit haar stem te bannen, alle vreugde dat het lot van de twee broers deze had gekozen om te leven.

'Was het beter geweest als deze familie haar twee zonen had verloren?'

Hij bleef haar vol argwaan aankijken. Zijn woorden waren als degenflitsen, koud en scherp.

'Je bent weduwe. Wat ga je doen? Terug naar je eigen land?'

'Is dat wat je wilt, Rafaël?'

'Is het belangrijk wat ik wil?'

Het is belangrijker dan de mening van alle anderen samen, schreeuwde haar hart, maar ze zei: 'Je moeder heeft aangeboden dat ik blijf.'

'Je ziet maar.'

Hij stond op en liep weg.

De volgende dag verontschuldigde hij zich. 'Het spijt me dat ik je gekwetst heb, Elena. Ik was onredelijk. De dood van Rutger... Allemaal de schuld van die verdomde oorlog, van die verdomde keizer die zo nodig Europa moest veroveren. Ik wilde...'

Hij barstte uit in een hoestbui waarvan hij bijna dubbel plooide. Zijn gezicht werd asgrauw en zijn lippen paarsblauw. Verschrikt staarde ze hem aan.

'Het is niets', zei hij, nog nahijgend.

Maar Elena liet zich daardoor niet misleiden.

*

Langzaam hernam het leven zijn oude gang. Elena ging vaak uit rijden, meestal alleen, soms samen met Louise. Er werd over Rutger gepraat, maar met berusting. Berten de smid vatte het voor haar samen: 'De bijbel zegt: wie met het zwaard omgaat, zal door het zwaard vergaan. De graaf – God geve hem de eeuwige rust – ging met het zwaard om, maar mijn jongen heeft nooit in zijn leven een zwaard of een geweer in handen gehad. In zijn hoofd en in zijn handen zat alleen maar muziek. Waarom moest hij dan sterven?'

Hij keek verwijtend naar de torentjes van kasteel Hooghend die boven de bomen uitstaken.

Rafaël genas langzaam, maar vanaf het begin wist hij dat hij nooit meer de kracht van vroeger zou hebben. Bij elke inspanning voelde hij een stekende pijn in zijn borst. Hij was vlug buiten adem en snel vermoeid, maar probeerde dat voor de anderen en vooral voor Elena te verbergen. De dokter in Brussel had hem gewaarschuwd. 'Je linkerlong is ernstig geraakt. Je zult vanaf nu voorzichtig moeten zijn.'

'Mijn regiment', had Rafaël gezegd. 'Wanneer denk je dat ik kan terugkeren naar mijn vrienden?'

'Je regiment?'

De stem van de dokter had heel beslist geklonken.

'Ik vrees dat je militaire carrière voorbij is.'

Rafaël had hem ongelovig aangestaard.

'Dit was mijn eerste slag! Ik kwam net van de cadettenschool en voerde mijn eerste bevel.'

'En je laatste. Je bent bij de gelukkigen die het er levend vanaf hebben gebracht.'

Langzaam leerde hij leven met die gedachte. En met de andere zekerheid dat ondanks de dood van Rutger Elena nog steeds onbereikbaar bleef.

Hij meed haar, maar op een dag trof hij haar in het koetshuis. Daar stonden een karos en twee sjezen en reistassen waaruit Elena een keuze maakte om een aantal dingen naar het dorp te brengen.

Hij schrok van haar aanwezigheid.

'Het spijt me', zei hij. 'Ik wist niet dat je hier was.'

'Het geeft niet, Rafaël.'

Hij keerde zich om.

'Ik zie je straks wel aan tafel.'

'Nee, wacht.'

Ze slikte en verzamelde al haar moed.

'Je moet me helpen.'

Smekend keek ze hem aan.

'Alleen jij weet hoe het mij en met jou gesteld is. En hoe het met mij en Rutger gesteld was.'

Hij maakte een afwijzend gebaar.

'Ik kan het aan niemand anders kwijt, Rafaël. Op de hele wereld aan niemand. Alleen aan jou.'

Ze wachtte even en gooide het er toen uit. 'Ik denk dat ik gek aan het worden ben. In de spiegel zie ik dingen die er niet zijn. Als ik me omdraai zijn ze verdwenen.'

'Dingen?'

'Een zwarte vogel op mijn schouder.'

'Inbeelding!'

'Ja. Maar ik zie hem, ik voel zijn klauwen in mijn huid en zijn veren tegen mijn oor. Ik ruik hem zelfs. Ik knijp mijn ogen dicht en als ik ze weer opendoe, staat Rutger achter me. Lijkbleek, met een vreselijke bloedrode haal dwars over zijn gezicht. Van zijn slaap, over zijn oog, zijn bovenlip, zijn kin. En de zwarte vogel zit op zijn schouder, alsof hij daar thuishoort. Een roofvogel die loert naar zijn prooi. Naar mij.'

Hij staarde haar aan. Van haar hele gezicht zag hij alleen haar ogen, zwart van wanhoop.

Hij legde zijn hand medelijdend op haar schouder. Vederlicht, maar Elena rilde door de onverwachte aanraking.

'Het is een droom, Elena, een nachtmerrie. Je moet dat uit je hoofd zetten. Rutger is dood. Hij heeft zijn eigen weg gekozen en hij is die weg gegaan tot het einde, samen met de man die hij verafgoodde. Daar heb jij geen schuld aan.'

'Hij hield van me.'

'Je was zijn vrouw.'

Zijn stem klonk alsof hij zich afvroeg of dat wel hetzelfde was.

Ze slikte, maar ze wist dat alles op dit ogenblik moest worden uitgepraat. Misschien kwam er nooit meer een gelegenheid als deze.

'Ik heb nooit anders van hem gehouden dan van een grote broer, Rafaël. Ik wist niet eens wat liefde betekende tot ik hier in Flandrija...'

Rafaël keek haar aan. Ze zag er zo ontwapenend eenzaam en droevig uit en tegelijk zo onvoorstelbaar lief. Al die weken had hij een scherm tussen hen opgetrokken, zijn hart gepantserd voor haar blikken en nu smolt zijn weerstand weg.

'Hoe moet dit verder, Elena?'

Ze ademde diep van blijde verrassing. Voor het eerst sinds Rutgers dood heerste tussen haar en Rafaël opnieuw die intieme vertrouwelijkheid. Voor het eerst lag in zijn stem weer die warme klank waarmee hij haar naam koesterend uitsprak, elke lettergreep als een lange fluistering. De sfeer was broos en teer als een zeepbel, één onvoorzichtig woord kon hem doorprikken.

'Het is ons lot, Rafaël', zei ze zacht. 'het lot heeft mij naar jouw land gebracht, naar dit huis waar jij leefde. Wij, Russische vrouwen, weten dat je je niet tegen het lot kunt verzetten. Zoals het in de palm van je hand geschreven staat, zo zal het ook gaan, met jou en met mij.'

'We hebben geen toekomst samen, Elena. Dat weet je net zo goed als ik. Jij, de weduwe van Rutger, ik zijn broer.'

'Waar ben je bang voor?' vroeg ze. 'Dat het ons niet zal lukken? Of dat het wel zal lukken, is het dat waar je echt bang voor bent?'

'Er is zoveel wat ons scheidt, Elena.'

Het uitspreken van haar naam had een nieuwe dimensie gekregen. Volmaakte tederheid.

'Er is zoveel meer wat ons bindt, Rafaël.'

'Ja', zei hij bitter. 'Verdriet. Onmacht. Wanhoop. Verbittering. Uitzichtloosheid.'

'Ach, er is zoveel verdriet in de wereld. Een Russisch spreekwoord zegt: als je van verdriet mantels kon weven, zou niemand het nog koud hebben.'

'Als alle Russen zijn zoals jij, dan wil ik jouw volk zeker leren kennen.'

'Zijn alle *Flamandets* zoals jij, Rafaël?'

Het leek een steekspel van woorden, maar ondertussen wisten ze: dit ogenblik is zo belangrijk dat alles wat ervoor kwam 'vroeger' zal heten en alles wat erna zal komen, 'later'.

'Je hebt niet geantwoord, Elena. Zeg me: hoe moet dit verder?'

'Ik hou van je', zei ze.

111

Ze sloot haar ogen om de woorden te proeven en te genieten van hun klank in Rafaëls taal en in haar eigen Russisch.

'*Ja tebja lioeblioe.* Ik hou van je, vanaf het eerste ogenblik toen ik samen met Rutger op het bordes stond en jou voor het eerst zag. Een jonge god. Toen mijn hart dreigde te barsten van een onbekend geluk en er rillingen over mijn hele lijf liepen.'

'Toen jij me betoverde', knikte hij. 'Ook vanaf het eerste ogenblik, jij met je hartenbrekersgezicht.'

'Dat wil ik niet', zei ze verschrikt. 'Ik wil alleen jouw hart en breken mag het nooit.'

'Het was heerlijk om naar je te kijken, tot ik besefte dat je Rutgers bruid was. Toen werd de wereld zwart.'

'Stil maar.'

'Ja, Elena, maar hoe...?'

'Samen', zei ze.

Als jij het me vraagt, dacht ze, vlucht ik met jou naar het eind van de wereld.

Hij schudde het hoofd om zoveel lichtzinnigheid.

'Mijn familie zal nooit aanvaarden dat wij samenleven. Als moeder erachter komt wat we voor elkaar voelen, zal ze je meteen wegsturen. Naar familie in het buitenland of naar een klooster of naar je eigen Russische steppen. En ze zal zorgen dat ik je nooit terugvind.'

Zijn ogen zwierven door het koetshuis en bleven steken op het glanzende wapenschild op het portier van de karos. Rood en blauw en goud, een zwaard en een gekanteelde toren.'

'Moeder heeft er nooit over gesproken, maar ze heeft het er vast moeilijk mee gehad dat Rutgers vrouw niet van adel was. Na vaders dood had ze plannen voor ieder van ons. En nu...'

'Ik wil graag met je samenleven met de toestemming van je familie, Rafaël, maar ook zonder als het moet.'

'Zul je sterk genoeg zijn om moeder te trotseren, de familie, de vrienden, de hele clan die zich als één blok tegen jou zal keren?'

'Sterk? Wij, Russische vrouwen...'

Toen lachten ze samen.

'We zullen weg moeten gaan, Rafaël. Niet meteen, maar over een tijdje, als jij helemaal genezen bent en als de eerste rouw voor Rutger voorbij is. Als het leven hier opnieuw in zijn oude plooien valt. Ondertussen mag niemand iets merken van onze gevoelens.'

Ze keek dromerig voor zich uit.

'Er is een stad', zei ze.

Haar ogen vluchtten door het raam van het koetshuis naar de hoge bomen langs het tuinpad.

'Een stad waarover ik gelezen heb. Een stad waar een droom steen is geworden. Daar zou ik met jou willen wonen.'

Hij wachtte geduldig.

'Stel je voor, Rafaël, een stad gebouwd in het water, waar straten kanalen zijn en waar je met de boot uit eten gaat.'

'Venetië', zei hij verrast.

Haar ogen glansden, alsof hij een toverwoord had uitgesproken.

'Venetië. Zullen we daar samen gaan wonen?'

'Het is goed om samen een droom te hebben', zei hij. 'Venetië zal onze droom zijn.'

Hij greep haar hand en voelde hoe haar bloed wild jachtte.

'En die nachtmerrie van jou...'

Ze lachte opgelucht.

'Misschien blijft die nu wel weg, Rafaël.'

*

Heel af en toe troffen ze elkaar zonder familie of bedienden in de buurt. Het waren gestolen minuten waarin ze voorzichtig gelukkig waren, minuten waarin ze elkaar verrukt zoenden en aanraakten en verdronken in elkaars ogen, minuten waarin ze zacht fluisterend over liefde praatten en afspraken maakten voor volgende korte ontmoetingen.

Rafaël begroef zijn gezicht in haar haren, die geurden naar wilde salie.

En zij fluisterde in zijn oor, haar stem niet luider dan een ademtocht. 'Je bent de hemel boven mijn land, de regendruppel op mijn gezicht, de wind op mijn huid, het dons van mijn slaap...'

Woordeloos dacht ze erbij: Ik ben jouw zonde en jij de mijne en de hemel moge het ons ooit vergeven.

Dan weerklonk ergens een stap en stoven ze uit elkaar. Die momenten hadden de glans van gestolen geluk, maar Elena, huiverend van verrukking, wist dat ze dit geluk alleen in huur hadden. Dat ze ervoor moesten betalen en dat ze het eens weer zouden moeten afgeven. Dat betalen was het duidelijkst: als Rafaëls moeder of iemand anders hen betrapte, zouden ze haar wegjagen. De huurtijd was onduidelijker: het kon morgen afgelopen zijn, of over een maand of een jaar. Die duur hing niet alleen van hun eigen voorzichtigheid af.

Het was uiteindelijk Louise die haar erover aansprak, Louise die haar al een tijd scheen te mijden, die de piano onaangeroerd liet en nooit meer langskwam voor een babbel. Ze troffen elkaar in de bibliotheek waar ze beiden een boek zochten.

Louise legde haar exemplaar op tafel, keerde zich om en keek Elena koud aan. Achter haar roffelde de regen tegen de ruiten, er hingen schaduwen tussen de boekenkasten en van de goudbestikte wandbekleding leken de patronen te vervagen.

'Je houdt van hem', zei ze met een strakke mond.

Elena schrok. Ze had zo vaak haar ogen neergeslagen om de gloed erin te verbergen, dat ze overtuigd was dat nog niemand hun geheim had kunnen raden. Haar buitelende hart zat verborgen onder haar zwarte rouwkleren. En toch had Louise het begrepen.

'En hij houdt van jou.'

Het klonk beschuldigend.

'Het is zo monsterachtig dat ik het eerst niet eens wilde geloven. Maar ik heb jullie in het oog gehouden vanaf de dag van de begrafenis, al jullie stiekeme gedoe, de heimelijke blikken, de onschuldige aanrakingen. Jullie dachten dat niemand het merkte, maar ik telde het allemaal bij elkaar op tot er geen twijfel overbleef.'

Ze kwam nu vlak voor Elena staan. In haar ogen brandde haat.

'Ben je Rutger al zo vlug vergeten? Hij heeft je meegebracht uit dat barbaarse land van jou. Wij hebben je opgenomen in onze familie zonder vragen te stellen, zelfs niet over je familie of je afkomst.

Je werd een dochter, een zuster. Ik keek naar je op. Naar je schoonheid, naar je exotische afkomst, naar de gaven die je bezat en die je achteloos afdeed, alsof ze doodgewoon waren, zodat ik je nog meer bewonderde.'

Ik hoefde Rutger niet eens te vergeten, dacht Elena, want Rafaël was er al in alle vezels van mijn bestaan.

Ze wist dat Louise het nooit zou begrijpen. Ze zou nooit kunnen begrijpen hoe het geloof in het noodlot in haar Russische ziel ingebakken zat, hoe weerloos ze daar tegenover stond. En tegenover de liefde, die als een vlam door je lijf schroeit en je machteloos achterlaat.

'Ga je het aan je moeder vertellen?' vroeg ze enkel.

'Daar ben je dus bang voor.'

'Ga je het doen?'

'Ik denk dat zij het ook weet, maar dat ze het niet wil geloven. Nog niet.'

Toen Elena het aan Rafaël vertelde, klaagde ze. 'Ik mag niet leven met je en zonder je ga ik dood.'

Hij troostte haar zoals geliefden dat kunnen, maar sinds die dag was de angst voor het onvermijdelijke voortdurend in hun gedachten.

*

Op negentien augustus werd er noch over de verjaardag van Rafaël, noch over die van Elena met een woord gerept. Elena begreep dat in dit rouwhuis niet aan feesten kon worden gedacht, maar met heimwee herinnerde ze zich haar verjaardagen in Rusland. Het huis geurde dan naar de bijenwas waarmee de meubels glanzend werden geboend, naar de wilde kruiden die net in die periode op de steppe werden geplukt en te drogen werden gehangen aan de keukenbalken en naar de taarten die Natalja bakte in de reusachtige oven. Ze dacht aan de drukte en de opgewekte gezichten, aan de kleine cadeautjes die iedereen voor haar had bedacht. Zouden Natalja en Sasja en Igor - Igor die elk jaar een houten poppetje voor haar sneed en dat in felle kleuren beschilderde - zouden ze vandaag aan haar denken? Zouden ze nog in het huis wonen en werken voor Pjotr Rastojewi, die er vast zijn intrek had genomen?

Maar toen ze één ogenblik met Rafaël alleen was, het enige ogenblik van de hele eindeloze dag, ging ze dicht tegen hem aan staan, sloeg haar ogen naar hem op en zei: 'Volgend jaar zullen we deze dag samen vieren, mijn liefste. Wij met zijn tweeën.'

Als ik dat maar hard genoeg wil, zal het ook uitkomen, wist ze.

7.

Rafaël besefte dat hij hun vlucht zou moeten voorbereiden met dezelfde precisie als een militaire onderneming. Met schijnmanoeuvres vooraf en een bliksemsnel optreden op de dag zelf. Hij moest alle mogelijke verwikkelingen voorzien en tegenzetten bedenken, zoals een generaal rekening moet houden met onvoorziene omstandigheden en zetten van zijn tegenstander. Hij zou gebruik moeten maken van een afwezigheid van zijn moeder en Louise – en in deze rouwperiode gingen ze zelden uit – hij zou een middel moeten vinden om bagage naar buiten te smokkelen zonder de achterdocht van de bedienden te wekken. Hij moest een uitvlucht bedenken om op dezelfde dag als Elena te vertrekken, maar niet samen met haar.

Hij pakte het aan als een oefening op de cadettenschool. Links de lijst met problemen, rechts de mogelijke oplossingen met telkens een aantal alternatieven en een tijdschema waarin alle verwikkelingen werden voorzien.

Het was zijn moeder zelf die de ideale gelegenheid aanreikte.

'Ik heb in Brussel de Russische ambassadeur ontmoet', zei ze.

Elena schrok op van het borduurwerk waarmee ze de avonden van gênant stilzwijgen vulde. Pianospelen werd haar al lang niet meer gevraagd.

'Een bijzonder vriendelijke man. Ik heb over jou gepraat. Over de omstandigheden waarin je met Rutger uit Rusland bent gevlucht en hier bent terechtgekomen en over Rutgers dood in Waterloo. Hij heeft een voorstel gedaan dat ik zelf erg genereus vind.'

Zo wil je het dus oplossen, dacht Elena ontzet. Diplomatisch, zoals het past bij je stand. Geen slaande ruzie, geen oeverloze discussies. Elegant, alsof er geen vuiltje aan de lucht is, maar wel dodelijk efficiënt. Ze herinnerde zich het zwaard in het wapenschild van de familie van Coudenberghe. Jouw methode is even doeltreffend, dacht ze, en even genadeloos.

'Er vertrekt een missie van het hof naar Sint-Petersburg. De tsaar zelf zal hen ontvangen. Je kunt met hen mee en ginder zal voor je gezorgd worden tot...'

Ze liet haar stem zweven. Ze deed geen beloftes die later misschien niet waargemaakt zouden worden, ze liet alle mogelijkheden open, zodat Elena ze zelf kon invullen.

Ook Louise liet haar handwerk rusten in haar schoot en keek Elena triomfantelijk aan.

'Tot ze een passende echtgenoot voor me vinden', zei Elena bitter. 'Of een klooster waarin ze me kunnen wegstoppen, levend begraven, of een adellijke familie die een gouvernante zoekt voor de kinderen...'

De gravin haalde de schouders op.

'Je begrijpt toch zelf wel dat dit niet verder door kan gaan.'

Elena rilde.

Dit. Zo noemden ze het dus. Dit moet stoppen en dat begrijp je zelf ook. Ze voelde zich vernederd en bevuild. Het grote, schitterende wonder dat met Rafaël in haar leven was gekomen, werd misprijzend afgedaan als 'dit'. Iets wat niet genoemd kon worden omdat het buiten alle normen van fatsoen viel. Ik heb met mijn liefde naar de sterren willen reiken, dacht ze, zij duwen me neer in het slijk.

Toen ze het Rafaël met tranen in de ogen vertelde, klaarde zijn gezicht meteen op. Hij sloeg zijn vuist in zijn handpalm.

'Dat is de oplossing voor ons probleem, Elena. Zie je het niet? Het is even mooi als de oplossing van een wiskundig vraagstuk.'

Hij trok haar naast zich op een bank.

'Ik zal het je uitleggen. Eerst verzet je je heftig tegen moeders voorstel, je maakt scènes met tranen en driftbuien. Je wilt helemaal niet naar Rusland, je hebt daar niemand meer. Alles wat je zegt, zal afketsen op hun onwrikbare besluit. Ik zal je voorzichtig steunen, zeggen dat Rutger dit nooit aanvaard zou hebben, dat het kasteel ruim genoeg is om je afzonderlijk te laten leven, dat je rechten hebt.'

Haar hand lag als een bang vogeltje in de zijne.

Zijn stem klonk steeds enthousiaster en zijn handen boetseerden vormen in de lucht, alsof hij eskadrons en compagnieën schikte voor een beslissende slag.

'Ze zullen niet toegeven en uiteindelijk leg je je bij het onvermijdelijke neer. Met tegenzin, zo moet je het spelen, maar zonder op-standigheid. Je Russische trots verbiedt jou je langer op te dringen bij een familie die van je af wil. Je neemt uitgebreid afscheid van het personeel en van de mensen in het dorp. Gehoorzaam, maar met veel tranen vertrek je met je bagage naar Brussel. Alleen, daar sta je op. Ik vertrek enkele dagen eerder. Zogezegd naar mijn regiment om daar mijn ontslag in orde te brengen. Onderweg wacht ik je op en we rijden samen naar het zuiden.'

'Kan het?' vroeg ze opgewonden. 'Je houdt me niet voor de gek, Rafaël? Toe, zeg dat het echt kan en dat je het wilt.'

'Natuurlijk wil ik het en het kan ook. Jij moet dan wel je rol erg overtuigend spelen. Ik zorg voor een koets, we laden je bagage over en sturen Louis weer naar huis. Tegen de tijd dat hij met zijn bood-schap Hooghend bereikt, zijn wij veilig de grens over. We zullen zo onopvallend mogelijk reizen, onze sporen zo goed mogelijk uitwis-sen en na een tijd zal het lijken alsof we van de aardbodem verdwe-nen zijn.'

Zo kwam het dat de gravin zonder het te beseffen zelf alle voor-bereidingen trof voor Elena's vlucht.

Even dreigde het mis te gaan. 'Ik zal met je meereizen', zei de gravin toen de datum was vastgesteld. 'Het past niet dat een meisje van jouw leeftijd alleen reist.'

'Het past ook niet dat een deftige adellijke familie haar schoon-dochter naar Rusland stuurt', zei Elena fel. 'Zelfs niet als die schoon-dochter weduwe is geworden.' Haar stem duldde geen tegenspraak. 'Nee, geen sprake van. Ik reis alleen. Ik zal hier afscheid nemen van de familie.'

'Je weet niet half hoe gevaarlijk de wegen in deze tijden zijn. Er zwerven nog steeds roversbendes rond.'

'Als jullie echt om mij bekommerd waren, zouden jullie me niet wegsturen.'

'Dat doen we voor je eigen bestwil, meisje.'

'Nee. Nu Rafaël er niet bij is, zouden jullie voor één keer eens de waarheid kunnen zeggen. Ik moet weg omdat jullie bang zijn dat we...'

'Je eigen bestwil', viel de gravin haar koppig in de rede. 'Later zul je dat zelf beseffen.'

'Later', lachte Elena schamper. 'Als ik ingesneeuwd zit in de Russische steppe.'

'Je eigen land!'

'Waar Rutger me vandaan heeft gehaald door met me te trouwen, omdat hij niet wilde dat ik er alleen achterbleef.'

'Van dat huwelijk heb je niet eens bewijzen', sneerde Louise.

'De akte van pope Vladimir Potenin. Hij zit tussen Rutgers papieren als jullie hem niet hebben laten verdwijnen.'

'Dat was niet eens nodig. Die akte is in dit land niet geldig, noch voor de wet, noch voor de kerk. Stel je daar maar niks van voor.'

Ze had het blijkbaar allemaal uitgezocht. Waarom was dat zo belangrijk?

Elena glimlachte.

'Ik zit heus niet op Rutgers erfenis te azen, als het dat is wat jullie vrezen.'

'Ik zal je reisgeld geven.'

'Dat zal ik in dank aanvaarden, omdat ik recht heb op veel meer en omdat de reis jullie initiatief is. Ik wil niet graag een last zijn voor de ambassadeur.'

'Je wilt dus absoluut alleen reizen?'

'Louis de koetsier volstaat ruimschoots om mij te brengen en te beschermen.'

'Zoals je wilt.'

Terug op haar kamer zuchtte Elena opgelucht. Dat was gemakkelijker gegaan dan ze zich had voorgesteld. Maar dat Louise haar zo sterk haatte, deed pijn.

*

Drie dagen voor de datum waarop het vertrek van Elena was vastgesteld, besliste Rafaël onverwachts te vertrekken.

'Er is in mijn regiment heel wat te regelen', zei hij.

'Zo plotseling?' vroeg Louise en ook haar moeder keek verbaasd op.

'Het moet nu eenmaal gedaan worden. Nu, of binnen een week

120

of binnen een maand. Maar als jullie willen weten waarom precies nu, dan zal ik jullie dat haarfijn uitleggen. Omdat ik hier weg wil zijn als jullie plannetje om Elena naar Rusland te sturen wordt uitgevoerd. Ik heb me niet verzet, omdat ik weet dat het nutteloos is, en...' hij zuchtte zwaar en leunde achterover in zijn stoel, '... omdat ik er de energie niet voor heb. Maar ik blijf het een smerige streek vinden en ik wil er geen deel aan hebben.'

Louise huilde.

'Het had anders gekund, Rafaël. Toen Rutger nog leefde, dacht ik dat Elena een vriendin voor me was. De zus die ik altijd had gemist. We speelden quatre-mains, pasten elkaars kleren, dweepten met dezelfde boeken en deelden onze geheimen.'

Haar moeder snoof luidruchtig.

'Nou ja, niet allemaal, daar heb je gelijk in, moeder. Eentje hield ze op slot. Het verschrikkelijke geheim dat ze met jou deelde.'

'Wanneer vertrek je?' vroeg zijn moeder zakelijk.

'Morgen.'

'En wanneer kom je terug?'

Hij haalde de schouders op.

'Reken op een week.'

'Ik haat het', viel hij uit. 'Al mijn vrienden zullen er zijn. Ze zullen uitrijden voor oefeningen, voor parades en optochten.'

'Niet allemaal', zei zijn moeder. 'Een aantal van hen is dood.'

'Dat is het lot van een soldaat! Sneuvelen of opnieuw dienst nemen. Maar ik behoor tot de vervloekte categorie: de invaliden. Sommigen missen een arm, een been, mij zullen ze bekijken en vragen: wat scheelt jou? Gewond? En de wond is genezen? Waarom neem je niet opnieuw dienst, zullen ze vragen. En ik zal antwoorden: omdat het niet gaat! Omdat ik mijn longen stukje bij beetje kapot hoest. Omdat elke inspanning te veel is. Omdat ik geen fut meer heb in dat kapotte lijf van me.'

'Er is nog zoveel wat je wel kunt, Rafaël, zelfs paardrijden.'

'Op een makke merrie! Voor de rest heb ik geen adem meer. Zie je me al aan het hoofd van een eskadron?'

Hij draaide zich om en liep naar buiten.

'Je moet hem niet zo jennen', zei zijn moeder. 'Als de Russische eenmaal weg is, wordt hij wel weer de oude. We moeten een bezigheid voor hem vinden.'

Hij vertrok toen de ochtendnevels nog tussen de bomen golfden en de zon tevergeefs probeerde door te breken.

Van Elena nam hij afscheid in het bijzijn van zijn moeder en Louise.

'Vaarwel, Elena, het ga je goed daar in je eigen land. Ik hoop dat je er gelukkig wordt. Ik zal nog vaak aan je denken.'

Hij ging vlak voor haar staan, boog zich voorover en fluisterde, net luid genoeg opdat de anderen het zouden verstaan: 'En aan wat had kunnen zijn.'

Voorzichtig steeg hij op zijn paard, geholpen door een stalknecht en reed stapvoets weg. Elena liep naar binnen en niemand hield haar tegen of probeerde haar te troosten. Op medelijden hoefde ze op Hooghend niet meer te rekenen.

Maar Louise vertrouwde de situatie niet. 'Het gaat allemaal zo gemakkelijk, zo glad.'

Drie dagen later was het Elena's beurt om te vertrekken. Vlak voor het bordes stond de karos met het blinkende wapenschild klaar, de bagage achterop met riemen vastgesjord. Elena had alleen ontbeten en treuzelde nu om ondanks alles afscheid te nemen, maar de deuren bleven dicht en de ramen blind. Weggejaagd als een zwerfhond, dacht ze. Ze hief haar rokken op en stapte in, Louis klapte de trede omhoog, sloot het portier, keek besluiteloos naar het huis, haalde uiteindelijk de schouders op en klom op de bok. Hij klakte met de zweep. De karos kwam schokkend in beweging. Net voor ze de laan indraaiden, zag Elena het gordijn van Louises raam bewegen.

Onderweg vroeg ze Louis honderduit over de dorpen waar ze langsreden en vergeleek zijn antwoorden met de route die Rafaël voor haar had uitgetekend. Ze herkende namen en opvallende punten: een kilometerslange pijlrechte dreef door een eikenwoud, een perfect cirkelvormige vijver omzoomd door dennen, een kasteeltje met acht gekanteelde torens, een kerkje waar de klok buiten de toren hing... Ondertussen vroeg ze zich wanhopig af wat ze moest doen als ze haar afspraak met Rafaël misliep, als hij niet op de afgesproken plaats zou komen opdagen...

Maar toen boven op een heuvel de torens van Brussel voor hen lagen, zag ze rechts van de weg de herberg die Rafaël haar had beschreven. Een laag, donkerrood pannendak met twee hoge schoorstenen, de voor- en zijgevel begroeid met vuurrode wingerd, zodat de herberg gloeide alsof hij vlam had gevat en het opvallende uithangbord met de intrigerende naam *Gebed van de dronkeman*. De angst viel van haar af als een mantel die van de schouders glijdt.

Ze leunde door het raam van het portier naar buiten.

'Louis, kun je in deze herberg even halt houden?'

'We zijn bijna in Brussel, juffrouw', zei hij, 'nog even en dan...'

'Ik wil me even verfrissen, Louis, het is dringend.'

Hij keek achterom. 'Wijk niet van je route af, Louis', had de gravin gezegd. 'Onder geen enkele voorwaarde, wat ze je ook vraagt!' Maar als het meisje zich inderdaad dringend even moest verwijderen... Het was verdomme toch al erg genoeg: een kind van deze leeftijd in haar eentje op weg naar Rusland dat aan het andere eind van de wereld lag. Op die enkele minuten zou het ook niet aankomen!

Hij trok de leidsels aan, de paarden sloegen af en ze reden de binnenplaats van de herberg op.

Elena sprong uit de karos voor Louis van de bok af was om het trapje naar beneden te klappen. Ze ademde diep. Ondanks de paardenstallen rook de lucht heerlijk fris, alsof ze gewassen, nog eens gewassen en in de zon te drogen was gehangen. Haar hart hamerde wild van verwachting.

Van achter een hoge waterput met een grote roestige pomp kwam Rafaël te voorschijn en Elena gooide zichzelf in zijn armen.

Louis, één voet nog op de bok, de andere zwevend boven de trede, begreep dat hij beetgenomen was en dat hier iets gebeurde wat voor hem verschrikkelijke gevolgen kon hebben. Hij vervloekte zichzelf om het medelijden dat hij had gehad.

'Het is allemaal in orde, Louis, ze gaat met mij mee', zei Rafaël toen hij het ontdane gezicht van de koetsier zag. 'We zullen de bagage meteen overladen en daarna kun je terugkeren.'

'Maar mijnheer de graaf, mijn opdracht... Brussel, zei mevrouw uw moeder. Ik heb het juiste adres.'

Koortsachtig zocht hij in de zak van zijn livrei.

'Ik moest er persoonlijk op toezien dat mevrouw Elena...'

'Het is goed, Louis. Moeder zal het begrijpen als je het haar vertelt.'

Ondertussen maakte hij de riemen los die de bagage op zijn plaats hielden en stapelde de reistassen naast elkaar in het stof van de binnenplaats.

Twee jongens schoten toe en brachten de tassen naar een gereedstaande koets, terwijl een derde Rafaëls paard inspande.

'Maar mijnheer de graaf...' jammerde Louis. Hij zag doodsbleek en zijn hele lichaam trilde van angst. 'Ik kan toch niet...'

'Je kunt ons niet tegenhouden, Louis. Hier is een brief voor mijn moeder. Kom, vertrek nu maar.'

De koetsier liep inderdaad naar de karos, wipte op de bok, maar sprong er meteen weer af, een pistool in de hand.

'Mijnheer de graaf, ik doe dit niet graag, maar mevrouw zei: "Als het nodig is, Louis, gebruik dan geweld."'

Hij keek daarbij zo ongelukkig en zwaaide zo onhandig met het wapen, dat Rafaël in de lach schoot.

'En hoe stel je je dat voor, Louis? Ga je me neerschieten? Kom...' Hij greep het pistool bij de loop en trok het uit Louis' bevende handen. 'Rij nu toch gewoon naar huis. Geef de brief aan mijn moeder en zeg dat we op geen enkele manier tegen te houden waren. Zeg dat ik mevrouw Elena zelf naar haar bestemming wilde brengen. Zul je dat goed onthouden, Louis? Ik breng mevrouw Elena zelf naar haar bestemming.'

Toen de karos ratelend terugkeerde op de weg vanwaar ze gekomen was, leidde Rafaël Elena de herberg binnen.

'We zullen iets eten, ons verfrissen, en daarna, mijn lief...'

Ze keek naar hem op en hij zag de hemel weerspiegeld in haar wondere ogen.

*

Diezelfde avond bereikten ze het eerste hotel dat Rafaël op hun lange weg had uitgezocht.

Ze traden binnen in de rokerige gelagkamer. De waard droeg twee van hun reistassen en wachtte ongeduldig, maar Rafaël aarzelde.

'Zullen we twee kamers nemen?' vroeg hij.

Elena drukte zijn hand.

'Neen, mijn lief, ik wil dicht bij je zijn. Eén kamer.'

Ze dacht aan alles wat Natalja haar over mannen had verteld en aan wat ze bij haar Russische en Franse dichters en romanschrijvers had gelezen over het huwelijk. In een flits herinnerde ze zich Rutgers vraag: zul je, als ik terugkom, mijn vrouw zijn? Ze schudde haar hoofd, zodat haar vlecht over haar rug danste. Ze moest nu niet aan Rutger denken.

De kamer was klein, maar netjes, met een geboende commode en een smal, hoog ledikant. De lakens geurden alsof ze net van de waslijn waren gehaald.

'Niet echt een bruidssuite', zei Rafaël schor.

'Is dit niet ideaal, mijn lief?' vroeg Elena. 'Hadden we ooit meer of mooier kunnen dromen? Als ik je dit een maand geleden in een spiegel had kunnen tonen, je zou er meteen voor getekend hebben.'

Rafaël wist dat ze gelijk had.

De vlammetjes van de kaarsen rookten roerloos. Ze knoopte haar jakje los zonder enige verlegenheid.

'Zul je zacht voor me zijn, mijn lief?'

Later lagen ze bij elkaar. Zijn aarzelende vingertoppen gleden over haar frêle sleutelbeenderen, haar kleine borsten, haar lange dijen, ze bleven rusten in de naamloze vallei tussen haar buik en de sikkel van haar heup.

'Zijn alle Russische meisjes even mooi als jij, met ogen als afgronden en een mond als een rijpe vrucht? Zijn ze allemaal onschuldig als koormeisjes en tegelijk uitdagend als volleerde verleidsters?'

'Zijn alle Vlaamse mannen even knap als jij?'

Ze streelde zijn lichte wenkbrauwen boven de zacht overkapte ogen.

'Jij vindt me knap omdat je van me houdt.'

'En jij vindt mij mooi omdat je van me houdt.'

De woorden waren eeuwenoud en duizenden keren gezegd, maar opeens hadden ze een nieuwe glans gekregen, werden ze magisch als toverspreuken.

'Vanaf nu zijn we onverbrekelijk met elkaar verbonden', zei hij. 'Zoals de nacht dat is met de dag en de dood met het leven.'

'Praat niet over de dood', zei ze.

Ze huiverde en in het flakkerende licht van de kaars zag hij de rillingen als golfjes over haar gouden huid lopen.

'Praat over de liefde. Onze liefde.'

'Al mijn woorden gingen over de liefde', zei hij. 'Dag en nacht, leven en dood, het zijn alleen maar andere woorden voor liefde.'

Ze zuchtte verzaligd.

'Het is het mooiste wat je kan overkomen, toch, Rafaël? Iemand die onvoorwaardelijk van je houdt.'

'Onvoorwaardelijk?'

'Onvoorwaardelijk, mijn lief.'

'En hoe weet je dat iemand zo van je houdt?'

'Als hij niets van je vraagt, niets eist, niets verlangt in ruil voor wat hij jou geeft.'

*

De gravin had de pit van de lamp hoger gedraaid, de brief gladgestreken en las.

Wat God voor elkaar geschapen heeft, zullen mensen niet scheiden. Ik weet niet, liefste moeder, wat de etiquette over onze verhouding zegt. Het moet toch wel eerder gebeurd zijn dat een jonge weduwe met haar zwager trouwde, al was het maar om het familiefortuin niet te versnipperen. Waarom kon het dan niet voor ons? Omdat Elena Russisch is? Omdat ze niet van adel is? Of is het omdat we van elkaar houden en is het dat wat geen pas geeft? Je hebt het goed gelezen, moeder, we houden van elkaar.

Louise, die over haar schouder meelas, ademde diep.

'Het kreng', zei ze. 'Het verdomde Russische loeder! Toen de ene broer dood was, heeft ze de andere ingepalmd met haar lachjes en haar buitenlandse maniertjes. Ze heeft ons belogen en bedrogen.'

'Allebei', zei haar moeder hard. 'Allebei hebben ze ons bedrogen. Ze hebben een komedie voor ons opgevoerd en wij zijn er met open ogen in gelopen.'

'Twee broers had ik. Ik hield van ze en ik ben ze allebei kwijtgeraakt aan haar.'

'Ze sprong in de armen van mijnheer Rafaël als een verliefde bakvis', zei Louis die avond in de keuken. 'Ik mag hangen als het niet waar is. Ik zeg jullie dat die twee er samen vandoor zijn.'

Bernard, de butler, knikte zo hard dat de vetkwabben van zijn wangen trilden.

'Ik mag niet praten over dingen die ik tijdens mijn dienst heb gehoord of gezien, maar dit kan ik wel zeggen: je zou weleens gelijk kunnen hebben.'

Louis wilde zich zijn verhaal niet laten afnemen.

'Toen ik het mevrouw de gravin vertelde – en ik kan jullie verzekeren dat mijn knieën knikten en mijn stem beefde – en ik haar de brief gaf, werd ze doodsbleek.'

De kokkin snoot luidruchtig haar neus in een grote geruite zakdoek.

'Ik heb haar nooit vertrouwd', zei ze. 'Wie weet waar ze eigenlijk vandaan kwam. Uit Rusland, zei meneer Rutger, God hebbe zijn ziel, maar ik vraag jullie: wat zijn het voor heidenen die daar wonen?'

'Mijnheer Rutger en zij, ze waren getrouwd,' zei het kamermeisje, 'maar ze sliepen in aparte kamers en ik...' ze sloeg blozend haar ogen neer, 'ik weet best hoe een bed eruitziet als een man en een vrouw daar samen hebben gelegen. Ik zeg jullie dat ze nooit...'

Daar werden ze allemaal stil van. Louis maakte van de gelegenheid gebruik om verder te vertellen.

'Je had haar gezicht moeten zien toen mijnheer Rafaël als een duivel uit een doosje vanachter die waterput te voorschijn sprong.

Haar ogen straalden als...' hij zocht de juiste vergelijking, '... als edelstenen.'

De kokkin sloeg een breed kruis.

'Misschien staat Hooghend nog veel onheil te wachten. We kunnen ons maar beter voorbereiden.'

Toen het nieuws naar het dorp was uitgelekt – en dat ging nog altijd even vlug alsof de kraaien het hadden uitgebracht – met alle details dik in de verf gezet, zei Berten de smid: 'Ik hoop dat het meisje haar geluk vindt. Ze verdient het. En wat die van Hooghend betreft...'

Hij sloot zijn mond, maar ze begrepen hem zo ook wel. Er was voor altijd een lege plek bij de haard van Berten.

8.

De reis begon als een roes. De herfstzon straalde aan een wolkeloze hemel, het land gloeide in karmijn en goud en Elena en Rafaël ontdekten elkaar vol verrukking.

Tijdens de lange ritten voerden ze eindeloze gesprekken. Ze spraken niet over de liefde, maar die was er wel, in hun blikken en gebaren, in hun stem en de taal van hun lichaam, in al hun woorden, waar ze ook over gingen.

'Je vertelt nooit over Waterloo', stelde ze vast.

Een ogenblik lang was hij weer luitenant en voerde zijn mannen aan. De paardenrug danste, de zon scheen in zijn ogen, de kanonnen bulderden en de kogels floten. Kruitdamp golfde over het landschap en hij had moeite om de vijandelijke benden te lokaliseren. Hij hief zijn sabel om het sein tot de aanval te geven en voelde zijn bloed daveren door zijn lijf.

'Rafaël', schrok Elena en ze schudde aan zijn arm.

Hij haalde diep adem en het ogenblik was voorbij.

Elena vertelde over haar vaderland, waarvan ze nu pas echt afscheid kon nemen omdat haar nieuwe geluk zoveel groter was dan haar oude heimwee. Matoesjka Rossieja was een zoete herinnering, geen pijnlijk verlangen meer.

En telkens opnieuw zochten ze andere woorden om die wonderlijke dag te beschrijven waarop ze elkaar voor het eerst hadden gezien. Er was die verbijsterende gedachte dat Elena het hele continent had moeten doorkruisen om hem te ontmoeten, dat ze elkaar niet hadden hoeven te zoeken, alleen maar herkennen. Elkaar herkennen in één magische oogopslag en dan meteen weten: dit is voor altijd. Ze vertelden het telkens weer en begrepen nog altijd het grote wonder niet.

Elena kroop dan weg in de holte van zijn arm en bedde daar haar hoofd. In het zonlicht dat gefilterd door de raampjes naar binnen viel, glansden haar haren alsof ze van gesponnen goud waren. Hij zag hoe ze haar ogen sloot en wist dat ze zich geborgen en gelukkig voelde. In stilte zwoer hij dat hij haar nooit pijn zou doen.

Ze trouwden in een kleine dorpskerk waar een dorpje omheen hokte. De pastoor, een oude gebogen man met de rode neus van de wijndrinker, had honderd bezwaren die hij, aftellend op zijn vingers, voor hen opsomde. Een huwelijk moest drie weken op voorhand aangekondigd worden, ze moesten ondertrouwen, want zo wilde de nieuwe wet het – en wie was hij om de wet niet na te leven? – hij moest de kans krijgen hen voor te bereiden op de ernst van het huwelijk, hij had de toestemming van hun ouders nodig en als die niet meer leefden van de voogden...

Hij gebaarde druk met zijn handen en liep heen en weer in de kleine kamer van de pastorie.

'Kan geld je geweten helpen sussen?' vroeg Rafaël.

Hij protesteerde heftig en Elena legde Rafaël het zwijgen op.

Ze keek de pastoor met haar grote, schitterende ogen aan.

'Dit is een noodgeval', zei ze.

Haar stem daalde en ze fluisterde op een toon van medeplichtigheid: 'We zijn op de vlucht omdat we van elkaar houden.'

Haar hand zocht die van Rafaël.

'Niets van wat je zegt, kan ons tegenhouden en als je ons niet trouwt, zullen we een andere priester zoeken of we zullen in zonde verder reizen. Dat wil ik niet.'

Smekend keek ze hem aan en ze zag er zo onweerstaanbaar lief en onschuldig uit, dat hij handenwringend en hoofdschuddend toegaf.

Hij trommelde een paar misdienaars op die het jonge paar met opengevallen mond aanstaarden, riep zijn meid en de koster om als getuigen op te treden en nam hen mee naar het altaar. De misdienaars staken de kaarsen aan, een zilveren belletje rinkelde. Achter de hoge ramen werd de hemel vlug donker.

Eén ogenblik dacht Elena aan Rutger en aan pope Vladimir Potenin, aan het wonderlijke licht dat door de bevroren ramen was gevallen, maar meteen schoof ze die gedachte opzij. Dit was anders, met Rafaël trouwde ze omdat ze van hem hield met heel haar hart en heel haar ziel.

Rafaël sloot zijn ogen en in zijn verbeelding zag hij Elena in een bruidsjurk van wit satijn en tule, met een diadeem vol schitterende diamanten in haar opgestoken haar. Zo zou zij eruit hebben gezien als ze in de kapel van het kasteel waren getrouwd, te midden van honderden gasten.

'Rafaël, graaf van Coudenberghe, neem jij tot vrouw...' de pastoor raadpleegde het papier waarop hij hun namen had opgeschreven, '... eh... Elena Anastasia Anna-Maria Warowska?'

Rafaël opende zijn ogen en was weer in de kale dorpskerk.

'Ja', zei hij luid en krachtig.

'Elena Warowska, neem jij...?'

Rafaël drukte haar kleine hand, ze sloeg haar ogen naar hem op en hij verdronk in die weelde.

'Ja', zei Elena vastberaden.

Ze wachtten op de akte die Rafaël zorgvuldig wegborg en zetten opgelucht hun reis verder. Ze genoten van hun samenzijn in overvolle gelagkamers waar andere gasten ruwe grappen maakten over het toch wel erg jonge stel en ontsnapten dan lachend naar de intimiteit van telkens een andere slaapkamer.

Parijs deed Elena duizelen. De weelde, de schitterende kleren en opvallende kapsels van de vrouwen, de rijtuigen, zwart en goud gelakt, beschilderd met boeketten die er wel met de fijnste naalden op geborduurd leken, het verblindde haar. Even dacht ze eraan met Rafaël in deze stad te blijven, maar als Parijs al zo mooi was, hoeveel mooier zou Venetië dan zijn?

Ze bleven er een week om hun reis naar Italië voor te bereiden. Er moest een route worden gekozen en een keten van elkaar opvolgende koetsiers moest worden vastgelegd.

Rafaël verraste Elena met een nieuwe reismantel.

'Ik heb een cadeau voor je gekocht', zei hij.

Hij genoot van de blije glans van verwachting op haar gezicht.

'Een cadeau?'

Hij opende de doos, wikkelde het papier los en ze hield verbaasd haar adem in.

De mantel had de kleur van sleedoornpruimen. Paarsblauw – het blauw van de nacht en het donkere rood van gedroogd bloed – met een zilveren waas eroverheen. Als je sleedoornpruimen aanraakt, verdwijnt het waas, maar over deze stof bleef het hangen als een bedauwd spinnenweb. Ze trok hem aan, wikkelde zich erin, draaide voor de spiegel en vloog hem om de hals.

'Hij is prachtig', zei ze. 'Mijn hele leven al heb ik zo'n mantel willen hebben.'

'Hij kleurt goed bij je ogen', zei Rafaël, 'en bij je haren en bij jou helemaal, alsof de draad voor jou gesponnen is, de stof voor jou geweven en de mantel voor jou gesneden.'

Hun verblijf in Parijs eindigde op een valse noot. Op hun laatste avond gingen ze naar de opera, maar midden in een romantische aria barstte Rafaël uit in een onbedaarlijke hoestbui. De muziek stokte één seconde, een viool snerpte, alle gezichten keerden zich naar hun loge en toen de aanval eindelijk bedaard was, slopen ze beschaamd weg.

Ze vertrokken in de vroege ochtend toen de eerste groentekarren Parijs binnen rammelden en de zon enkel de spitsen van de kerktorens verguldde.

Ze reden naar het zuiden tussen wijngaarden waar de plukkers de druiven oogstten in grote korven. Elena beet in de donkerpaarse trossen die haar werden aangeboden, zodat het sap van haar kin drupte, snoof de geur op van tijm en marjolein en de duizend wilde kruiden die hier langs de wegkant groeiden.

'Oh, Rafaël, hier word ik even dronken van als van de zwaarste wijn', riep ze verrukt.

Misschien moeten we hier in de heuvels een huisje zoeken, weggedoken tussen wijngaarden en lavendelvelden, dacht ze. Maar haar droom van een stad gebouwd op het water, stond haar nog levendig voor ogen en ze zetten hun weg voort.

Op een avond was het duidelijk dat ze de afgesproken halteplaats niet zouden bereiken. Hun koets had een dissel gebroken – gelukkig gebeurde het in een dorpje met een wagenmaker, en de reparatie had uren geduurd. Toen de zon achter de heuvels wegzakte en vanuit het zuiden donkere onweerswolken kwamen opzetten, ontdekten ze een eenzame herberg. Met een bezorgd gezicht spoorde de koetsier nog één keer zijn paard aan.

Aan de kant van de vallei lag een verwaarloosd erf en achter de herberg begon meteen het bos. Aan een scheve paal knarste een verweerd uithangbord in de plots opgestoken wind. Rafaël probeerde de naam te ontcijferen, maar wind en regen hadden de meeste verf afgesleten, zodat nog slechts wat halen en haken overbleven.

De deur van de herberg werd op een kier geopend en in de smalle opening verscheen een kinderhoofd. Een wilde, warrige rosse krullenbol boven een spits gezichtje waarin donkere ogen hen vragend aanstaarden.

Rafaël wipte uit de koets.

'Kunnen we hier overnachten?' vroeg hij.

De jongen bewoog niet. Alleen zijn ogen schoten schichtig tussen Elena en Rafaël heen en weer.

'Een avondmaal, een kamer voor vannacht, een stal voor ons paard met water en haver', zei Rafaël.

Op het erf hing de dreigende, benauwende stilte die voorafgaat aan het losbarsten van een storm en boven hun hoofden bouwden de wolken duizelingwekkende inktzwarte torens.

De deur draaide nog wat verder open en de jongen maakte een gebaar dat voor een uitnodiging kon doorgaan.

De koetsier reed de karos onder een afdak en verdween met zijn paard in de stal.

In de gelagzaal rook het naar as en verschaalde wijn. Elena liep naar de haard, maar de jongen glipte voor haar door. Hij gooide een bos knisperende takjes op de nagloeiende sintels en zodra enkele vuurrode tongetjes knetterend omhoog wipten, eerst aarzelend, maar dan gretig likkend, stapelde hij er dikke blokken overheen.

'Voor de juffrouw', zei hij en hij lachte zijn tanden bloot.

'Je hebt weer een verovering gemaakt', zei Rafaël, nog steeds verbaasd over de overweldigende indruk die Elena op mensen maakte.

Toen de vlammen hoger oplaaiden en de jongen ook een paar kaarsen had aangestoken, merkten ze een donkere gestalte op in de achterste hoek van de gelagkamer.

Een zware man zat op een bank, zijn ellebogen steunend op de tafel, een wijnfles tussen zijn handen geklemd. Hij had een hoekig gezicht, als uit steen gehouwen, en lelijk als de waterspuwers aan middeleeuwse kerken. Was hij de waard?

'Een kamer', eiste Rafaël opnieuw. 'En een avondmaal.'

'Een kamer?' vroeg de man met een dubbele tong. 'En een...'

Toen gleed hij langzaam op de grond en bleef daar snurkend liggen.

'Hij is dronken', zei de jongen. 'Hij is vanmiddag beginnen te drinken en nu krijg je hem met geen paard meer overeind.'

Op dat ogenblik barstte het onweer los. Een blauwe bliksemflits verlichtte de gelagkamer als bij klaarlichte dag en onmiddellijk erna kraakte een vreselijke slag.

De jongen dook onder de tafel en Elena slaakte een gil en klampte zich aan Rafaël vast.

Meteen daarna lachte ze.

'Het spijt me. In Rusland...'

'... zijn jullie nog veel erger gewend!' vulde Rafaël aan.

Hij wendde zich opnieuw tot de jongen, die voorzichtig van onder de tafel naar hen loerde.

'Eten?'

De jongen keek bedenkelijk.

'In de keukenkasten en in de voorraadkelder. Maar hij is de kok.'

Hij gebaarde naar de luid snurkende man.

'Ik zal het klaarmaken', zei Elena. 'Tenminste, als jullie bij me blijven. Au!'

Ze kroop ineen bij een volgende ratelende slag.

Het werd een geïmproviseerde maaltijd met brood, eieren, kaas en dikke schijven ham. Ze zaten met zijn vieren aan tafel, want Elena had erop gestaan dat ook de koetsier en de jongen meeaten. De waard sliep op de grond zijn roes uit.

Bliksemschichten bleven de hemel doorklieven, de herberg schudde en kreunde onder het geweld van de donder en de regen stroomde als een zondvloed.

In de haard dansten de vlammen als helblauwe dwaallichten over de stronken.

'Onze ark van Noach', zei Elena, haar glas heffend. 'Voel je hoe ze deint op de golven, hoe ze het water van zich afschudt? Als we dit overleven, Rafaël, dan kunnen we alles aan, dan is Venetië nog maar een stap verwijderd.'

In de nacht, toen ze dicht tegen Rafaël aanlag, het laken over haar hoofd getrokken om de weerlichten die door de gesloten luiken drongen, niet meer te zien, dreef het onweer eindelijk af. 's Morgens leek de hemel schoongewassen en scheen de zon over een nieuwe wereld.

'Onze wereld', zei Elena en de laatste angst – elke angst die ze vanuit Rusland tot in deze verlaten herberg met zich had meegesleurd – lag definitief achter haar.

*

Ze klommen naar de Alpen nog voor de eerste wintersneeuw de wegen gevaarlijk maakte. De bergen stonden haarfijn geëtst tegen de heldere hemel. Op een van de hoogste punten liet Elena de koetsier halt houden, stapte uit en ademde diep de frisse lucht.

'Is het niet prachtig, Rafaël?' vroeg ze.

Hij knikte, maar voelde de koude lucht branden als vuur in zijn longen.

'Overweldigend.'

'Voor een meisje uit de steppen is dit schitterend. Het blauw van de lucht is lichter, teerder...' ze zocht de juiste vergelijking, '... breekbaar als Frans porselein en de sneeuw op de toppen ligt er alsof een banketbakker er slagroom overheen spoot.'

Ze strekte haar armen.

'Het maakt dat ik me licht en vrolijk voel, alsof ik moeiteloos van de ene top naar de andere zou kunnen vliegen.'

'Ja', zei hij. Maar hij dacht: jij wel, ik niet, ik ben als een vogel met een lamme, stukgeschoten vleugel die nooit meer zal vliegen.

Op een dag lagen eindelijk de vlakten van Italië voor hen open.

Ze daalden af langs Milaan en staken via Brescia en Verona het schiereiland over.

Langs de weg, weggedoken achter heggen, lagen rode boerderijen met groene luiken, langs de greppels stonden wilgen en daarachter golfden heuvels vol moerbeibomen, donkere wijngaarden en nog donkerdere olijfbossen. Overal verrezen slanke klokkentorens die hier campaniles werden genoemd en het geluid van de klokken begeleidde hen op hun tocht.

Toen kwam het ogenblik waarop ze afscheid namen van hun koetsier, de laatste in een lange rij. In Mestre werden hun koffers en reismanden overgeladen in een boot. Elena ademde diep. Venetië lag aan de overkant van wat haar een reusachtig meer vol eilanden leek.

'Venetië moet je binnenkomen over het water', zei de schipper. 'Dat heeft de Heer zo geregeld, anders zou je nooit de ziel van de stad begrijpen.'

Na een tijd stuurde hij zijn boot recht het Canal Grande in. Hij stond rechtop achterin de boot, zijn jasje spande rond zijn brede borst en bicepsen, hij stak zijn lange riem in het donkere water en neuriede. De ondergaande zon kleurde het water karmijnrood. Aan de ene kant van het kanaal werden de gevels in een gouden gloed gezet door de laatste zonnestralen, aan de andere kant losten ze op in de schemering.

Liggend keken Elena en Rafaël naar de gevels van de paleizen. Elena werd duizelig en dronken van de balustrades, de friezen, rozetten, pinakels en bogen, van alle ornamenten die mensen ooit hadden bedacht en die elkaar hier hadden gevonden in volmaakte harmonie. De stad, de kanalen, de boten openden de laatste sloten van haar hart.

'Mijn droom', fluisterde ze. 'Hij is eindelijk uitgekomen.'

Ze huurden een eerste verdieping van een klein roze paleisje aan het Canal Grande en namen uit de tientallen kandidaten die zich aanboden één bediende in dienst, Guiseppe, klein en donker en vlug als kwikzilver. Hij haspelde op grappige wijze Frans en Italiaans door elkaar en maakte met gebaren duidelijk waar hij geen woorden voor vond. Hij werd hun kok, kamerknecht, gids en toeverlaat. Hij leerde hen de kanalen kennen, niet alleen de grote aders, maar ook de smalle, kronkelende doorgangen die leken dood te lopen op een blinde muur, maar in werkelijkheid naar het kloppende hart van de binnenstad leidden.

Ze gingen naar Murano waar wonderen in glas werden geblazen, ijl als herfstdraden in het woud en teder als kinderdromen.

Ze bezochten musea en stonden stil van bewondering voor de schilderijen vol onaards licht en de standbeelden die klaar leken om van hun sokkels weg te lopen.

'Ik wilde dat Tintoretto nog leefde', zuchtte Rafaël. 'Dan zou ik hem jouw portret laten schilderen. Van alle grote meesters is hij de enige die jouw schoonheid zou hebben begrepen en op doek had kunnen vastleggen.'

Vaak hing er 's morgens een lichte ijle mist, niet meer dan een vluchtig waas, maar als de zon daar doorheen brak, werd de mist doorschijnend goud en heel Venetië glansde dan als een verrukkelijk schrijn. De muren ademden tederheid. Elena keek er gulzig naar om het beeld te bewaren.

'Zo begint hier de winter', zei Guiseppe. 'Met mist die uit de stenen zelf opstijgt en met wind die vanuit de bergen in het noorden op ons neervalt.'

Toen ze voor het eerst in de schemering uitvoeren, hield Guiseppe hen ieder een masker voor, ivoorwit met sepiabruine tranen voor Elena, zwart met een rode mond als een bloedende wond voor Rafaël. Ze ontdekten dat Venetië een meester was in vermommingen. Gebouwen herbergden andere interieurs dan hun gevels beloofden en voor de Venetianen was het mode een masker te dragen, een uitdrukkingsloos gezicht uit vele lagen papier en lijm, zodat je los van je eigen ik over de kanalen kon zwerven.

Maskers waren onder Napoleon verboden geweest, maar het leek wel alsof elke Venetiaan ze had opgespaard en ze nu triomfantelijk droeg, want vanuit alle gondels staarden ze hen vol afstandelijke nieuwsgierigheid aan.

Ze voeren het brede kanaal naar het noorden op, in de richting van de grote lagune. De zijkanalen negeerden ze. Boven hen klonk het geruis van overvliegende eenden.

De gondel gleed over het zwarte water. De sterren hadden hun vaste plaatsen aan de hemel ingenomen, de maan glansde goudgeel, alsof zij en de wereld nieuw waren en het silhouet van Guiseppe was geruststellend dichtbij. Het water maakte Elena rustig en weemoedig.

Alle gondeliers hadden hun lampen aangestoken en die trilden als reusachtige vuurvliegjes.

'Dit is een sprookje', zei ze. Ze kroop nog verder in zijn arm, schurkte zich tegen hem aan. 'Dit is niet echt. Dit is een droom. Als ik wakker word ben ik weer in ons sombere huis in Rusland. Je weet niet half hoe troosteloos het leven er was. Jij was er niet om me vast te houden en...'

'Ik ben er, Elena.'

'Ja', zuchtte ze verzaligd. 'Jij bent er, elke dag van mijn leven. Beloof het me, Rafaël, toe, beloof het me hier. Beloof het me altijd opnieuw.'

Het water ruiste, om hen heen plonsden riemen en de nacht leek vol gefluister.

Niemand weet vooraf hoe lang een leven is, dacht Rafaël.

Hij ging rechtop zitten. De gondel wiegde even, maar Guiseppe verplaatste zijn voet zodat het bootje weer in evenwicht lag.

'Elena Anastasia Anna-Maria', zei hij. 'Meisje met je vreemde namen. Je zou er nog veel meer moeten hebben, eentje voor elk facet van je. Hier in Venetië zal ik je Italiaanse namen geven, die zijn vol zon en muziek. Elisabetta en Villanella en Contarina. 's Morgens zal ik je wakker maken met een nieuwe naam en een hele dag zul je hem dragen.'

'Ik zal ze dragen alsof ze een tweede huid zijn', zei ze en ze meende het ook. Rusland was een huid die ze had afgelegd. Soms was er nog een plekje dat schrijnde, maar in Venetië aan de zijde van Rafaël groeide een nieuwe huid over de schrijnende plekken en de littekens heen.

Elena voelde zich als herboren.

*

De wind draaide naar het noorden, zoals Guiseppe het voorspeld had en de kou viel als een hongerig roofdier over de stad. Op het water lag een dun vliesje ijs en vanuit de lagune kwam mist opzetten, zo dik dat ze de paleizen aan de overkant van het kanaal niet eens meer konden zien.

Het was koud in Venetië, maar anders koud dan in Rusland. Daar plantte de ijzige koude zich als glassplinters tot in je botten, hier drong de vochtige kou in alle poriën van je huid.

Dagenlang hielden ze de luiken dicht en woonden in een parelmoeren schemerwereld die Elena herinnerde aan het ingesneeuwde huis in Rusland, waar een zelfde sprookjesachtige glans over de dingen had gehangen. Ze zwierven door de koude kamers, bliezen met hun adem ijsbloemen op de ruiten en kwamen altijd weer terecht in het enige verwarmde vertrek. Het was behangen met dikke wandtapijten die de kilte van de muren tegenhielden en er lagen enkeldiepe oosterse vloerkleden. Guiseppe had de ruime kamer volgestouwd met meubels uit het hele huis, zodat ze hun weg moesten zoeken tussen commodes, pronktafeltjes, buffetten en secretaires. Ze zaten in gemakkelijke bergères en lagen op sofa's onder dikke plaids. Met kamerschermen, beschilderd met Venetiaanse paleizen, schermden ze rond de haard een intieme ruimte af waar de winter geen toegang kreeg.

Ze lazen, speelden domino of schaak. Elena speelde piano, stukken die ze zich uit het hoofd herinnerde en nieuwe composities van Italiaanse meesters, ontdekt in afgelegen winkeltjes waar Guiseppe haar op minder koude dagen heen bracht. En ze hielden van elkaar als koningskinderen.

Ze lagen zwijgend op een pels vlak voor de haard en warmden zich aan de gloed van het vuur.

'Hou je van me?' vroeg Elena. 'Zeg me hoeveel je van me houdt.'

Hij spreidde zijn armen.

'Meer dan alles van de hele wereld bij elkaar.'

'Dat zegt elke minnaar', pruilde ze. 'Ik dacht dat jij...'

Hij nam haar gezicht tussen zijn handpalmen.

'Als ik een schip was, zou ik bij jou voor anker gaan, levenslang.

Als ik een roos was, zou ik alleen in jouw tuin willen bloeien, zodat mijn geur alleen voor jou bestemd was. Als je...'

Elena zuchtte verheerlijkt.

'Je bent een dichter', zei ze. 'Een dichter uit onze eigen Russische steppen waar lucht en vlakte en weemoed en liefde eindeloos zijn.'

'Ik ben een soldaat, maar bij jou word ik een dichter omdat jij het mooiste bent dat God geschapen heeft.'

Ze klapte opgewonden in haar handen.

'Ik wil dat je het opschrijft, dat je een gedicht voor me maakt.'

'Een gedicht!'

'Honderd woorden, niet één meer, niet één minder, want ik zal ze tellen. Je moet het schrijven met de woorden van je hart, met de beelden van jouw fantasie, het schip dat voor anker gaat, de roos die bloeit in mijn tuin.... Het moet vertellen over liefde die alles overwint, het moet klinken als de verhalen die thuis bij het midwintervuur worden verteld en die van vader op zoon worden overgeleverd. Ik zal het uit het hoofd leren en bewaren als een vrek voor minder goede tijden.'

'Komen die er dan?' vroeg hij plagend.

'Als je mijn Russische ziel zou kennen...'

'Dan zou ik weten dat na de zomer onvermijdelijk de winter volgt. Maar na de winter komt er weer een lente, Elena. Onze eerste Italiaanse lente.'

'Ik zal de woorden opsparen om de winter door te komen. Ze zullen zijn als dennenappels die in het haardvuur hun geur van een hele zomer vrijgeven.'

Ze verzon spelletjes om de donkere dagen door te komen.

'Jij bent een oosterse prins en ik ben je haremmeisje', zei ze ondeugend. 'Ik zal je verwennen zoals alleen haremmeisjes dat kunnen.' Ze likte met de punt van haar tong langs haar vochtige lippen, maar hij leek niet erg enthousiast.

'Nee, ik weet beter.' Ze danste opgewonden om hem heen, haar kleurrijke rokken breed uitwaaierend.

'Jij bent Napoleon op je eenzame rots van Sint-Helena. Ik ben Maria Walewska, je Poolse minnares. Op de hele wereld ben ik de enige die van je houdt. We hebben samen een zoon, maar die heb ik niet meegebracht. Ik heb drie weken op een schip gezeten, ik werd zeeziek, maar ik heb de oceaan, de golven en de stormen getrotseerd om bij je te zijn.'

Ze danste naar de deur, verdween achter het scherm en kwam dan terug, langzaam en plechtig stappend.

'Gegroet, Napoleon.'

'Gegroet, gravin Maria Walewska', zei hij, het spel even meespelend, maar het vermoeide hem vlug.

'Je houdt niet meer van me', pruilde ze.

Toen moest hij bewijzen dat hij wel van haar hield.

*

Op een van hun strooptochten door de stad ontdekte Elena in een kleine, bestofte etalage een ring, zo mooi, dat hij haar de adem benam.

'Rafaël, kijk eens...'

Hoewel ze tegenstribbelde, trok hij haar mee de winkel in. Het was er tochtig koud en het duurde een tijdje voordat de winkelier vanachter een aantal vitrines te voorschijn kwam. Ze hadden een oude, sloffende man verwacht, maar hij was verrassend jong, met ravenzwart achterovergekamd haar. Hij begroette hen met een korte buiging.

'Signora, signore...'

'We hebben een ring gezien', zei Rafaël.

Hij wrong zich tussen de kasten door tot hij het juweel achter het vuile vensterglas kon aanwijzen.

De wenkbrauwen van de juwelier schoven een millimeter omhoog.

'Een prachtig stuk', zei hij. '*Una bellezza!* Een schoonheid.'

'Al de juwelen die je verkoopt zijn *bellezze*', zei Rafaël nuchter. Hij was niet van plan zich door mooie praatjes te laten afzetten.

De juwelier hief de handen in een gebaar van protest. Hij keek daarbij alsof hij God en al zijn heiligen als getuigen wilde aanroepen.

'Deze ring is meer dan een eeuw oud en werd gedragen door vorstinnen. De steen is volmaakt, loepzuiver, zonder enig foutje, hij is perfect geslepen en gezet. Vakmanschap, signore, zoals je dat vandaag niet meer vindt.'

Hij haalde de ring uit de houder, ademde erop en wreef de steen blinkend op de mouw van zijn fluwelen vest.

'Een stukje van de eeuwigheid, signore. Aan de hand van la signora...'

'Contessa', zei Rafaël.

De juwelier boog en het was Elena niet duidelijk of dat voor haar titel of voor haar schoonheid was.

'Aan de hand van la contessa...'

Hij hield Elena de ring voor, ze stak haar hand uit en hij schoof hem aan haar vinger, waar hij schitterde als een uit de hemel gevallen ster.

Hij spreidde zijn handen in een allesomvattend gebaar.

'Heb ik te veel gezegd? Hij past aan de vinger van la contessa alsof hij voor haar gemaakt is. Maar hij past, als il signore mij toestaat het te zeggen, ook perfect bij haar schoonheid. Het lijkt alsof de ontwerper la contessa voor ogen had, toen hij het juweel schiep.' Hij glimlachte. 'Een juwelier heeft oog voor schoonheid, signore.'

Elena bloosde van genoegen.

'Hoeveel?' vroeg Rafaël.

De verkoper noemde een bedrag.

'Te hoog,' zei Rafaël, 'veel te hoog.'

'Signore! Ik weet dat mijn collega's houden van een spelletje bieden en afdingen –Venetiaanse juweliers zijn daar meesters in – maar ik heb ter ere van de schoonheid van la contessa een prijs genoemd waarbij ik zelf verlies lijd.'

Eerbiedig nam hij de hand van Elena en hield die omhoog, zodat zelfs het zwakke licht in de winkel de steen deed opvlammen.

'Ik ken mannen die hele vloten bezitten, die handelen in specerijen en zich daar schatrijk mee maken, mannen die met een achteloze vingerknip paleizen kopen, maar die de schoonheid van dit juweel niet herkennen. Aan hen verkoop ik het niet en als ze toch zouden aandringen, zou ik een prijs noemen die twintig keer hoger ligt dan wat ik jullie vroeg.'

'Te hoog', herhaalde Rafaël en tot Elena fluisterde hij: 'Onze contanten zijn bijna op. We kunnen hem op dit ogenblik echt niet betalen.'

Elena glimlachte en schoof de ring van haar vinger.

'Het is maar een juweel, Rafaël. Zoals er duizenden zijn. Goed, misschien is het een uniek stuk, volmaakt, en zal ik er nooit nog zo een zien, maar denk je dat ik daar ongelukkig om zal zijn?'

De juwelier begeleidde hen naar de deur.

'Als la contessa zich bedenkt,' zei hij en zijn stem klonk niet eens teleurgesteld, alsof hij wist dat ze terug zouden komen, 'dan zal de ring er voor haar zijn. Er is in Venetië geen andere vrouw bij wie hij beter past.'

Terug op hun kamer zei Elena: 'We hebben nooit over geld gesproken, Rafaël, maar ik heb nog het reisgeld dat je moeder me gaf om terug te keren naar Rusland. Ook dat kunnen we gebruiken om te leven.'

'Haar krenterigheid kennende, zullen we ook daar niet ver mee komen', zei Rafaël. 'Ik heb een beter voorstel: we gaan naar het casino en gokken. Als we geluk hebben, winnen we op één avond genoeg om een jaar royaal te leven.'

'We zijn geen gokkers', zei Elena verschrikt. 'We hebben daar geen ervaring mee.' Ze dacht aan haar vader en aan Pjotr Rastojewi. Tussen zijn papieren hadden ook bewijzen van speelschulden gezeten. 'En zelfs doorgewinterde spelers verliezen altijd.'

Rafaël wuifde haar bezwaren weg.

'Op de cadettenschool heb ik een paar kaartspelen geleerd... Het was grappig, op den duur wilde niemand meer tegen me spelen. Ik weet zeker dat ik ook in het casino met kaarten kan winnen.'

'Je kunt in een casino niet winnen, Rafaël. Alle spelers dromen ervan, maar het lukt ze geen van allen. Avond na avond keren ze terug als motten naar een kaarsvlam, en elke avond gaan ze berooider naar huis, armer aan geld en illusies.'

'Het kan wel. Eerst laten ze jou winnen om je in de juiste stemming te brengen. Als je denkt dat het niet meer mis kan gaan, slaan ze toe. De kunst bestaat erin tijdig te stoppen.'

'En dat kun jij.'

'Dat kan ik.'

Welke argumenten Elena ook gebruikte, ze kon Rafaël niet van zijn voornemen afbrengen. Dus kleedden ze zich die avond sober, maar gedistingeerd, zoals alleen oude adel dat kan. Elena droeg een rechte, diep uitgesneden japon, die haar ranke meisjeslichaam perfect deed uitkomen. Twee parels hingen als waterdruppels aan de schelpen van haar oren en om haar slanke hals glansden twee rijen parels.

In de snel invallende duisternis was het Canal Grande dreigend loodgrijs.

Guiseppe bracht hen. Heel de weg herhaalde hij mopperend: 'Ik begrijp dat il conte en la contessa een avondje ontspanning willen. Die zullen jullie in het Casino vast krijgen. Champagne, licht, vrolijkheid, opwinding, mooie vrouwen... Hoewel,' hij boog galant zodat de gondel even schommelde, 'geen van hen zal even mooi zijn als de contessa. Zorg er alleen voor niet te spelen, conte! Er zijn er al velen schatrijk binnengegaan die nu bedelen langs de Rialtobrug.'

'Bedankt, Guiseppe. We zullen aan je goede raad denken.'

Rafaëls stem klonk nu al vrolijk.

'Ga jij vast slapen, we vinden wel een gondel die ons thuisbrengt.'

Guiseppe protesteerde hardnekkig, maar met een kort gebaar stuurde Rafaël hem weg.

De aanlegsteiger was glad en Rafaël leidde Elena aan de arm over de smalle planken. Ze stapten een wereld van licht en fluweel binnen. Aan elke kandelaar biggelden tranen van Muranoglas, waarin het licht van de kaarsen tienvoudig weerkaatste. Juwelen glansden op naakte huid en bloemen leken te ontluiken uit diepe decolletés.

Ze gedroegen zich, zoals ze hadden afgesproken en geoefend, hautain, als aristocraten uit een oud geslacht die verveeld naar de wereld en de mensen keken, voor wie het leven een grote grap en geld niet belangrijk was, maar Elena voelde haar nekhaartjes overeind staan en haar hart bonzen, luider dan alle honderden klokken van Venetië samen.

'Ze moeten denken dat we reizigers zijn', had Rafaël gezegd, 'passanten die één nacht in Venetië blijven en uit verveling bij hen langslopen. Ze zullen grinniken om onze naïviteit en knipogend beslissen om ons kaal te plukken. Wij zullen ons best doen om hen dat te laten geloven.'

Ze slenterden door de speelzaal waar het zachte geroezemoes slechts af en toe werd verbroken door een gesmoorde uitroep of tinkelend vrouwengelach. Ze nipten van de champagne die hen werd aangeboden door bedienden in gele broeken en bruine vesten, en keken naar de spelers aan de tafels. Bleke gezichten waarop zweet parelde, hoogrode gezichten, ondoorgrondelijke gezichten... In dit oord van passie had Venetië zijn maskers afgelegd.

Plotseling sloten Rafaëls vingers zich strakker rond Elena's pols.

'Daar', seinden zijn ogen. Aan een rond tafeltje zaten vier spelers van middelbare leeftijd. Ze keken ernstig en spraken alleen om te bieden. Aan het grote aantal kaarten merkte Rafaël dat ze bezique speelden, het spel waar hij zelf het best in was. Hij drentelde naar het tafeltje toe, volgde het spel en taxeerde de spelers. Na een tijdje stond een van hen op en bood hem zijn plaats.

De kaarten werden geschud en gecoupeerd. Rafaël waaierde ze achteloos open, plaatste zijn inzet en speelde alsof het hem allemaal niet echt aanging. Maar hij won wel, net zoals hij voorspeld had.

Hij nam een tweede glas champagne van een dienblad, nipte, riep de bediende terug en zei scherp: 'Als ik champagne drink, wil ik dat het Madame Cliquot is.'

'Si, signore.'

Het glas kwam verrassend snel, de belletjes bruisten nog. De bediende hield de fles met het etiket naar hem toegekeerd. Rafaël knikte.

Na een tijdje haakten zijn tegenstanders om beurten met een buiging af. Voor hem lag een berg munten. Een bediende bracht een mandje geweven van gouddraad om ze in te leggen en fluisterde: 'Dit is blijkbaar uw geluksavond, signore.'

Haar stem daalde nog een octaaf en kreeg een bezwerende klank

'Misschien hebt u nog meer geluk aan de roulette. Verleden week nog heeft een signore een fortuin gewonnen.'

'Is dat zo?'

Rafaël zorgde ervoor dat zijn stem goedgelovig klonk en een tikkeltje begerig. De naïeve passant.

Hij woog het mandje op zijn handen.

'Kun je dit inwisselen voor grotere coupures?'

Ze glimlachte en kwam even later terug.

'*Prego.*'

En opnieuw fluisterend als een samenzweerder: 'Er zijn net twee plaatsen vrij aan de roulettetafel. Als u en la signora...'

Ze ging hen voor en ze volgden verveeld.

Stoelen werden weggeschoven zodat ze gemakkelijker konden gaan zitten. De bediende en de croupier wisselden een blik van verstandhouding.

'We kunnen rood of zwart spelen, paar of onpaar, onderste of bovenste helft', fluisterde Rafaël in het Vlaams. 'Als we juist gokken, verdubbelen we onze inzet. Maar vanavond wil ik het lot uitdagen. We zetten de helft in van wat ik aan de kaarttafel won, alles op één nummer. Als we winnen, zijn we rijk. Als we verliezen, hebben we in het mandje nog altijd een lekker sommetje liggen dat we mee naar huis kunnen nemen.'

Hij greep haar hand en zag haar verhitte gezichtje, haar glanzende ogen vol liefde en wist dat het niet mis mocht gaan.

'Nu heb ik jouw geluk nodig, mijn lief. Het geluk van jouw Russische ziel. Kus me geluk, liefste.'

Ze rekte zich naar hem toe en kuste hem op de mond. Vervolgens gleden haar lippen langs zijn oor.

'*Ja tebja lioeblioe.* Ik hou van je. Win voor me', fluisterde ze.

Het klonk als een bezwering.

Zijn hand aarzelde boven het groene laken.

'Negentien', fluisterde ze. 'Onze gezamenlijke verjaardag. Dat was een teken van het lot. Misschien is het ons vandaag opnieuw gunstig gezind.'

De schijf draaide, het balletje cirkelde razendsnel in tegengestelde richting. Ook andere spelers plaatsten hun inzetten.

'*Rien ne va plus*', zei de croupier.

Het balletje verloor snelheid, daalde, tikte van het ene vak naar het andere, eerst nog snel, daarna tergend langzaam. Het balanceerde, wipte weer even omhoog, vleide zich neer in een hokje, leek daar definitief te rusten – Elena kneep in Rafaëls arm en staarde dwingend naar de schijf – sprong toen weer op en draaide verder met dat misselijk makende geluid dat in het hoofd van alle spelers nazindert, wipte over twee vakjes heen en bleef definitief liggen.

'Negentien, impair, rood, passe.'

Rafaël en Elena ademden gelijktijdig uit. Hij drukte haar hand en zij beet haar tanden in haar onderlip om het niet uit te schreeuwen.

'Negentien', fluisterde ze. 'Het lot! Heilige matoesjka Rossieja, Rafaël, we hebben gewonnen!'

Toen de croupier de hoge stapels fiches naar hen toeschoof, heerste er stilte aan de tafel en waren alle ogen op hen gericht. Bewonderende, jaloerse, begerige ogen, samengeknepen, fonkelend van afgunst.

Rafaël schoof enkele penningen naar de croupier.

'Voor het personeel.'

Daarna wuifde hij naar de rest van de stapels.

'Omwisselen. Goudstukken graag.'

De croupier keek ontgoocheld en de bediende die al die tijd achter hen had gestaan, fluisterde: 'Dit is nog maar het begin, signore. Dat voelt u toch zelf wel. Dit wordt een onvergetelijke avond!'

Ze stoorden er zich niet aan. De groenfluwelen beurs die hen overhandigd werd, was dik gevuld. Rafaël woog hem op zijn hand, borg hem in een binnenzak van zijn jas en knoopte die zorgvuldig dicht.

Toen ze buiten kwamen, moesten hun ogen wennen aan de duisternis. Geleidelijk vormden de sterren weer hun vertrouwde sterrenbeelden en de melkweg zoog zichzelf vol licht, maar het water van het kanaal was zwart als de dood zelf.

Een gondelier die van onder de aanlegsteiger scheen op te dagen, riep hen aan, maar Rafaël omknelde Elena's arm en siste waarschuwend.

'Venetië is een stad van moordenaars. Ze gebruiken hier glazen stiletto's die bij het handvat afbreken en geen sporen nalaten. Misschien heeft deze gondelier handlangers in het casino. Misschien weet hij al hoeveel we hebben gewonnen en lag hij op de loer tot we buitenkwamen.'

Elena kroop tegen hem aan.

'Ik ben bang, Rafaël.'

Zijn ogen zochten het kanaal af.

'Daarginds', wees hij. Zwak gloeide daar de lamp van een gondel die langzaam naderde. Een rossig vuurvliegje op het spiegelzwarte water dat geleidelijk groter werd. Ze wachtten tot hij aanlegde. Twee heren stapten uit, groetten met een hoofdknik en liepen het Casino binnen.

'Een goudstuk', zei Rafaël tegen de gondelier. 'Een goudstuk als je ons veilig thuisbrengt.'

Een adres noemde hij opzettelijk niet.

De man boog. Ze stapten in de wiegende gondel en namen plaats, dicht tegen elkaar aan op de smalle bank. De gondelier stak zijn riem diep in het water, maar op dat ogenblik voer het andere bootje vlak voor hen. Water spatte op, hout knarste.

'Ik zag hen eerst', zei de gondelier. Hij droeg een zwarte cape met een hoge kraag en een zwart masker met een lange snavel waarin zijn ogen kwaadaardig glinsterden. 'Je kent de wetten van het kanaal: het zijn mijn klanten.'

'Varen', siste Rafaël.

Hun stuurman aarzelde. Er was inderdaad een ongeschreven code die bepaalde dat wie hem eerst zag, de klant ook mocht vervoeren.

'Twee goudstukken. Vlug!' siste Rafaël.

Nog voor de man opnieuw kon afzetten, schoot een tweede gondel toe en ramde hen.

'In zijn binnenzak', riep de man met het masker.

Een donkere gestalte sprong in hun boot, een hand greep Rafaëls mantel, een dolk schitterde. Rafaël pareerde de stoot met zijn linkerarm waar hij zijn mantel omheen had gewonden en stak zelf toe.

Toen vielen beiden overboord. Elena slaagde er met gespreide armen nauwelijks in het hevig slingerende vaartuig niet te laten kapseizen.

'Rafaël', schreeuwde ze. Als een echo klonk van een afstand de stem van Guiseppe. 'Signore!'

Ze zag een donkere vlek in het water en greep ernaar. Zijn hoofd dook op, hij spuwde een gulp water uit en klemde zich hijgend vast aan de rand van de boot. Toen was ook Guiseppe er en samen slaagden ze erin Rafaël aan boord te hijsen. Ook Elena stapte met geheven rokken over. Een donkere schaduw gleed voorbij en de eerste gondel schoot onder de steiger door.

'Weg', beval Rafaël. 'Ik denk dat ik hem gedood heb, maar ze zullen terugkomen en dan zullen ze talrijker zijn.'

Guiseppe boomde uit alle macht en de gondel schoot zo snel weg, dat ze achterover tuimelden.

'Doof je lamp.'

'Signore!' reageerde Guiseppe verontwaardigd. 'U kunt 's nachts niet...'

Elena hief het glas van de lantaarn en blies de kaars uit.

'Niet recht naar huis', waarschuwde Rafaël met een bibberende stem. 'Als ze ons volgen...' Hij hoestte zodat de volgende woorden onverstaanbaar waren.

Guiseppe koos in de doolhof van kanaaltjes de minst gebruikte waar het aardedonker was en waar de duisternis aanvoelde als een beschermende mantel. Rafaël rilde en klappertandde en Elena probeerde hem met haar eigen lichaam te warmen, zodat ze zelf doornat werd.

Het leek een eeuwigheid te duren voor ze hun paleis bereikten. Guiseppe meerde aan en samen hielpen ze Rafaël in zijn doornatte kleren naar binnen. Achter hen vormden zich plassen op de vloer. Ze kleedden hem uit en wikkelden hem bij het vuur in dekens. Ze gooiden blokken in de haard zodat de vlammen hoog oplaaiden en lieten hem rum en hete thee drinken en na een tijdje ging het rillen over. Toen pas trok ook Elena droge kleren aan.

'Het is gelukt', zei Rafaël fier.

Hij zocht in de zak van zijn kletsnatte jas die op de vloer in een plas lag en haalde de beurs te voorschijn.

'Je had dood kunnen zijn!' zei Elena.

Ze sloeg haar armen om hem heen en tranen liepen over haar gezicht. 'Was het dat allemaal waard, Rafaël?'

Maar hij dacht: liefde, passie, spel, gevaar, allemaal op één avond, is dat niet het volle leven?

De volgende dag was hij vroeg op en toen Elena wakker werd en rechtop ging zitten in hun grote bed, het dekbed tegen zich aan gedrukt, hield hij haar een doosje voor.

Haar ogen werden groot van verbazing.

'Rafaël, toch niet... Je bent toch niet...'

'Een tijdje geleden vroeg je me hoeveel ik van je hield. Misschien is dit een klein deeltje van het antwoord.'

Hij klapte het deksel open, nam de ring en stak hem aan haar vinger, waar hij al het licht van de nieuwe dag opving en honderdvoudig weerkaatste.

'Oh, Rafaël, hij is prachtig. Maar beloof me dat je nooit, nooit, nooit meer het gevaar zal zoeken zoals gisteravond. Ik gooi liever deze ring in het kanaal dan dat jou iets overkomt.'

'Vind je hem nog altijd even mooi?'

Ze ademde diep met gesloten ogen.

'Weet je nog wat de verkoper zei? Een oud juweel als dit is als een stukje van de eeuwigheid. Ik denk dat hij gelijk had.'

'Eeuwig is lang, Elena. Jij mag er nu een tijdje voor zorgen, ermee pronken en schitteren, maar uiteindelijk moet je hem afgeven en gaat hij naar een volgende eigenaar. Een stukje eeuwigheid draag je maar voor een tijdje aan je vinger.'

Ze hief haar hand en bewoog hem, zodat het licht speelde in de steen. Haar grote ogen keken hem dwepend aan.

'Je kunt hem ook je leven lang dragen en daarna meenemen in je graf. Voor de eeuwigheid. Misschien is dat wat hij bedoelde.'

Rafaël lachte.

'Als hij zo kostbaar is als dit stuk, zullen je erfgenamen daar wel een stokje voor steken.'

'Je kunt hem vernietigen.'

Hij verstrakte.

'Vernietigen, ja. Maar dat doe je niet, net zo min als je jezelf vernietigt door zelfmoord te plegen. De eeuwigheid, daar speel je niet mee.'

Ze greep zijn gezicht en kuste hem op zijn mond.

'Genoeg sombere praat...'

Het dekbed gleed op de grond. Haar huid glansde goudbruin.

'Sluit de deur zodat Guiseppe niet onverwachts kan binnenkomen, dan zal ik je tonen hoe een Russisch meisje haar liefste bedankt voor een cadeau als dit.'

*

Na de middag werd Rafaël ziek. Hij ging liggen omdat zijn benen voelden als flanel, hij zag hoogrood, zijn huid gloeide en zijn adem piepte.

'Een dokter, Guiseppe', beval Elena.

Paniek kneep haar keel dicht.

'Haal de beste dokter van Venetië. Hij moet meteen komen. *Subito*. Begrijp je het? *Capisce*? Hij moet signore Rafaël genezen.'

We kunnen het ons veroorloven, dacht ze erbij en ze huiverde. Was dit de prijs die ze moesten betalen voor de beurs vol goudstukken die Rafaël in de kast had weggeborgen?

Binnen het uur was Guiseppe terug. Met een dokter.

'De beste van de stad en de verre omtrek, signora. Als iemand signore Rafaël kan genezen, is hij het.'

De dokter droeg hoge laarzen, een lange zwarte mantel en een zwart masker met een lange neus.

Elena deinsde achteruit.

'De rover', fluisterde ze tegen Guiseppe. 'De man in de gondel die ons met zijn handlanger overviel. Hij droeg precies hetzelfde masker. Hij is ons vast gevolgd en heeft dit huis ontdekt en nu komt hij wraak nemen.'

Guiseppe stelde haar gerust.

'Alle dokters dragen dit, signora. Ze denken dat het hen beschermt tegen de catarre, de ziekte die elke winter met de mist mee de huizen binnensluipt. Ze proppen geurige stofjes in de neusholte van het masker en hopen zo gespaard te blijven.'

De dokter beklopte Rafaëls borst, legde zijn oor erop alsof hij luisterde naar het ruisen van een zeeschelp, tilde zijn oogleden op, gaf Guiseppe een teken de patiënt rechtop te zetten en beklopte ook zijn rug, ondertussen zachtjes in zichzelf mompelend.

Guiseppe had moeite Rafaël overeind te houden, want hij was slap als een lappenpop.

Toen nam de dokter zijn masker af. Hij had een door pokken geschonden gezicht en spierwitte wimpers en wenkbrauwen die griezelig vreemd afstaken tegen zijn zwarte haren.

'De catarre, signora', zei hij somber. 'De mist grolt en klotst in zijn longen als het water in het Canal Grande op een stormavond.'

'Hij is in het water gevallen', zei Elena. 'Toen werd hij doornat. We hebben hem thuisgebracht... En vorig jaar is hij gewond geweest. Zwaargewond.'

Ze wees het bleekrode stervormige litteken op zijn borst aan, vlak boven zijn tepel.

'Bij Waterloo.'

Hij knikte alsof hij het allemaal al wist.

'Si, si, signora. De catarre.'

'Hij wordt toch beter?' vroeg Elena. 'Alsjeblieft...'

De dokter hief zijn handen in een machteloos gebaar.

'Ik bereid de beste medicijnen van Venetië en omstreken, signora. Ik zal een drankje voor hem klaarmaken van paddenvet, dollekervel, gemalen scarabee en andere ingrediënten die ik uit oude boeken heb gehaald.

'Dollekervel is giftig', zei Elena. 'Dat weet ik heel zeker. Van gemalen scarabee en paddenvet weet ik het niet, maar van dollekervel wel.'

Hij hief bezwerend de vinger.

'Dat alles in de juiste verhoudingen. Dat is het hele geheim, signora, de juiste verhoudingen. Ik heb met mijn medicijn heel vaak goede resultaten bereikt, maar tegen het lot...'

Hij sloeg zijn ogen ten hemel om zijn onmacht duidelijk te maken.

'Het lot, signora!'

En Elena beefde. Het lot had hen in het casino op een onwaarschijnlijke manier toegelachen, was dit het ogenblik om daarvoor te betalen? Haar Russische ziel waarschuwde haar: je speelt niet ongestraft met het lot.

Eens, het leek nu eeuwen geleden, had Natalja gezegd: 'Geluk krijg je niet zomaar in de schoot geworpen, er staat altijd op een of andere manier een prijs op en die moet je betalen.'

Wijze Natalja, als zij hier zou zijn, zou ze haar helpen Rafaël te verzorgen.

'Stuur je bediende over een uur', zei de dokter bij het afscheid nemen. Zorgvuldig zette hij zijn masker weer op zodat zijn volgende woorden vreemd hol klonken. 'Het medicijn zal klaar zijn.'

Hij lijkt niet alleen op een kraai, zijn stem klinkt even krassend, dacht Elena, en kraaien zijn ongeluksvogels. Toen schoof ze de gedachte van zich af. Ze moest voor Rafaël zorgen, hem beter maken, met of zonder de hulp van de dokter.

Drie donsdekens legde ze over hem heen, het vuur in de haard loeide omdat ze er telkens nieuwe blokken opstapelde en de hitte straalde tot tegen het scherm en werd daar weerkaatst, maar nog lag hij rillend en klappertandend met gesloten ogen.

Elena bestormde met haar gebeden de hemel. Eens had ze gezegd: Russische vrouwen weten hoe ze moeten bidden. Nu herinnerde ze zich alle gebeden en alle heiligen uit haar jeugd en om beurten riep ze hen aan. Ze brandde hele bossen kaarsen voor Onze-Lieve-Vrouw van Minsk, die al zo vaak wonderen had verricht en uit haar bagage viste ze een icoon op die ze op de hele tocht van Rusland tot hier had meegesleurd en zette die aan het hoofdeind van Rafaëls bed.

Ondertussen liet ze hem drinken van het kwalijk riekende drankje, trok zijn doorweekte nachtkleren uit, sponsde hem af, wreef zijn borst met azijnwater en trok hem drie keer per dag droge kleren aan.

Drie keer kwam de dokter terug, maar zijn patiënt werd niet beter. Zijn koorts zakte niet, zijn adem ging hortend en schurend en hij sloeg met krassende stem wartaal uit.

'... papavers... als bloed... op het vel van Pieters trommel... François, het sein...'

Hij vloog overeind, riep: 'Chargeren!' en zakte krachteloos weer neer.

En telkens weer herhaalde hij Rutgers naam.

'Niet Rutger, goede God, niet Rutger...'

De dokter keek bij elk bezoek somberder en toen zijn stinkende drankje Rafaël duidelijk niet beter maakte, ging Elena er zelf op uit. Na een gesprek met Guiseppe die op Rafaël zou passen, gaf ze de opgetrommelde gondelier precieze instructies.

Ze liet zich naar de Rio della Misericordia roeien en daarna naar de Rio di San Felice. Ze drukte hem op het hart daar op haar te wachten en liep vervolgens verloren in de wirwar van obscure steegjes waar ze de meest afgelegen kruidenwinkeltjes bezocht. Vaak kon ze afgaan op de geur alleen. Toen ze thuiskwam kookte en mengde en filterde ze tot ze een welriekende thee verkregen had die ze Rafaël liet drinken en waarvan zijn hoesten minder werd. Met een lepeltje voerde ze hem vloeibare honing die – de verkoper had het gezworen op zijn zielenheil – uit haar eigen Rossieja afkomstig was. Ze geloofde hem, want de honing geurde naar mastbossen, naar zonnebloempitten en steppekruiden.

Toen de dokter met zijn sombere masker de volgende dag opnieuw zijn plechtige opwachting maakte, wees ze hem ondanks de protesten van Guiseppe onverbiddelijk de deur.

'Misschien gaat hij dood', zei ze, en de woorden kerfden als messen door haar lijf en haar ziel, 'maar dan zal het niet liggen aan jouw kwalijke brouwsels.'

Hij liep achteruit de kamer uit en bij de deur maakte hij een teken met de uitgestoken wijsvinger en pink van zijn linkerhand.

'Het duivelsteken', fluisterde Guiseppe doodsbleek. 'De doem. Dit komt nooit meer goed, signora. Dit zal ons allemaal treffen, signore Rafaël eerst en daarna...'

Hij keek alsof hij zelf het huis dat nu vervloekt was, wilde verlaten.

'Signore Rafaël en ik hebben je nodig, Guiseppe', zei Elena. 'Nu meer dan ooit. Buiten jou hebben we niemand in heel Venetië. Zul je ons nu in de steek laten?'

Ze zag hem aarzelen tussen trouw en angst, maar blijkbaar won het eerste.

'Guiseppe blijft. Voor la signora. Maar als de vloek...'

Hij trok zijn hoofd tussen zijn schouders.

'Dank je, Guiseppe. En wees gerust, er zal geen vloek zijn. Die zwarte kraai kan net zo min de duivel oproepen als jij.'

Zelf was ze daar helemaal niet zeker van.

Tegen de avond begon Rafaël nog heviger te woelen en soms waren zijn hoestbuien zo hevig dat hij dreigde erin te stikken. Elena en Guiseppe zorgden om beurten voor hem en tegen de ochtend viel hij eindelijk in een rustige slaap.

Ze hield haar hand een vingerbreedte van zijn voorhoofd, dicht genoeg om de warmte van zijn huid te voelen in de palm van haar hand.

Het was middag voor hij wakker werd. De zon viel door de gordijnen en maakte de kamer licht en vrolijk.

Hij knipperde met zijn ogen.

'De beurs?' vroeg hij. 'Is de beurs veilig, Elena?'

Ze huilde van opluchting.

'Oh, Rafaël.'

Hij probeerde overeind te komen, maar zakte terug.

'Ik ben ziek geweest', zei hij verbaasd.

'Je bent heel erg ziek geweest, Rafaël, maar nu word je weer helemaal beter.'

'Ik heb in het water gelegen.'

'Guiseppe en ik hebben jou eruit gevist en je thuisgebracht.'

Hij sloot zijn ogen.

'Ik voel me zo moe', zei hij.

Ze streelde zijn voorhoofd dat nu fris en helemaal niet klam aanvoelde.

'Je moet nog heel veel rusten', zei ze.

Over de man die hij gedood had, hadden ze niet gepraat. Ook later zouden ze dat niet doen.

9.

De lente kwam en de westenwind die rook naar bloemen en naar binnenland, verjoeg de geur van brak zeewater. Venetië kreeg zijn warme kleuren terug en de kanalen vulden zich met gondels vol luidruchtige mensen.

Rafaël kwam langzaam weer op krachten. Wel bracht hij nog vele uren door in een stoel bij het raam vanwaar hij keek en luisterde naar de drukte op het kanaal.

'Rafaël!'

Elena's stem klonk vanuit de trappenhal. Hij glimlachte. Hij hield ervan naar haar te kijken als zij na een tocht door de straten en pleinen van de stad de kamer binnendanste. Met haar meisjesachtige gestalte leek ze op haar zeventiende nog altijd onvolwassen, licht en teer, alsof ze zweefde op de zonnestralen.

'Je loopt als een hinde', zei hij. Hij wist dat het alledaags klonk. Maar kon hij zeggen: je beweegt als het graan waar de wind doorheen loopt? Dergelijke woorden denk je, je zegt ze niet.

Ze kwam naast hem bij het raam staan en hij sloeg zijn arm om haar schouders. Ze was verhit van het lopen, krulletjes haar waren losgekomen en hingen over haar voorhoofd. Hij zoende haar nek, die prikkelend geurde naar zweet en parfum. Ze lachte blij en draaide haar hoofd, zodat hij bij nog andere plekjes kon komen. Toen zagen ze vanuit een zijkanaal een stoet zwarte boten naderen. De eerste voerde een lichtbruine kist mee met daarop een kruis, zwart als git. De anderen volgden als een drift eenden in een langgerekte V. In elke boot zaten vrouwen met zwarte hoofddoeken en ernstig kijkende mannen. Waar ze langs voeren, viel het leven stil. Alle roeiers ontblootten het hoofd en de vrouwen kruisten de handen voor een gebed.

'Een begrafenis?' vroeg Rafaël aan Guiseppe die na Elena de kamer was binnengekomen.

Guiseppe knikte.

'Waar varen ze heen?'

Rafaël besefte plotseling dat ze op hun tochten door de stad nooit een kerkhof hadden gezien. Hij boog zich voorover om beter naar de boten te kijken die nu vlak onder hun raam voeren.

'Naar het eiland San Michele, signore.'

Guiseppe sloeg een breed kruis.

'Alle doden van Venetië worden daar begraven. Als ze tenminste niet gewoon in het water worden gegooid zoals dat met de armen wel eens gebeurt.'

'In de boeg van elke boot ligt een tak', zei Elena verwonderd.

'Rozemarijn, signora. Als je naar San Michele vaart zonder rozemarijn en zonder zout, dan kun je er zeker van zijn dat een of meer geesten met je mee terugvaren. Die nestelen zich in je huis, ze dringen door tot in je dromen en je raakt ze nooit meer kwijt.'

Elena huiverde.

'Wat een afschuwelijk idee.'

'Het is ook een somber en troosteloos eiland, contessa. Graven, kruisen, cipressen, mist en de zee. Die is daar nooit lief. Ze spint en gromt er als een roofdier dat zich klaar houdt voor de sprong. Alsof ze elke levende mee wil sleuren.'

'Genoeg, Guiseppe', zei Rafaël bars. 'Zie je niet dat je la signora van streek maakt? Straks krijgt ze er nachtmerries van.'

Maar Guiseppe was niet te stuiten.

'San Michele is het eiland van de doden, signora. De levenden mijden het. Je gaat er alleen heen om een geliefde te begraven, anders kom je er nooit.'

'Genoeg.'

Met een kort gebaar stuurde Rafaël hem weg.

Elena liep de kamer in.

'Sluit je de ramen?' vroeg ze. 'Ik heb het koud gekregen.'

Ze praatten niet meer over de begrafenisstoet, maar 's avonds, in de intimiteit van het bed, kwam Rafaël erop terug. 'Ik wil niet op dat eiland begraven worden, Elena.'

Ze kroop dicht tegen hem aan, haar hoofd gebed in de holte van zijn schouder.

'Waarom zouden we over de dood praten, mijn liefste? Ons hele leven ligt nog voor ons.'

Haar hand gleed over zijn borst, licht als een veertje. Bij het litteken aarzelden haar vingers even, daarna zetten ze hun zoete ontdekkingstocht voort.

Toch had Rafaël haar aarzeling opgemerkt en hij dacht: ons hele leven, ja, maar soms kan een leven kort zijn.

Vanaf die dag werd de begrafenisstoet voor hem een ware obsessie. Als hij bij het raam zat, keek hij uit of hij de drift boten niet zag aankomen en 's nachts droomde hij ervan. De kruisvormige spijlen van het raam werden gitzwart en reuzegroot. Ze kwamen op hem af en dreigden hem te verstikken. Hij werd dan nat bezweet wakker, zijn adem piepte en hij voelde de beklemming als een loden gewicht op zijn borst liggen. Hijgend lag hij met wijd open ogen in de nacht te staren en slapen durfde hij niet meer. Achter zijn ribben vrat een knaagdiertje zich met messcherpe tandjes een weg.

*

Op een zonovergoten dag nam Guiseppe hen mee de lagune op, verder dan bij al hun vorige tochten en toen lag plotseling de zee voor hen als een opengeslagen boek. Op de golven stonden krijtwitte schuimkoppen.

Elena keek met grote ogen. Ze had vlakten gezien, steppen, bossen, heuvels, bergen en meren, in Venetië was de zee nooit veraf geweest, heldere doorkijkjes tussen paleizen en eilanden, maar nu zag ze ze voluit en dat verrukte haar. Er was geen enkele grens meer, alleen de welving van de wereld die een einde aan het water maakte. Ze zag de kleurrijke, opbollende zeilen van binnenvarende en vertrekkende schepen, trage vissersboten met een enkel bloedrood zeil, snelle, over de golvende ijlende korvetten en statige viermasters met sneeuwwitte zeilen als klapwiekende meeuwen.

Hoe kan het dat een steppemeisje hier dronken van wordt, vroeg ze zich af. Waarom voelde ze de aanrollende golven uitdijen tot in haar ziel en klopte haar hart op hetzelfde ritme? Ze was geen vissersdochter, ze was zelfs nooit aan boord van een zeeschip geweest, maar nu trok elke vezel van haar lichaam naar de einder alsof daarachter het beloofde land lag.

Ze stond op, legde haar hand boven haar ogen en tuurde naar de horizon.

Zoals ze daar staat, haar haren in de wind, kon ze het boegbeeld van een schip zijn, dacht Rafaël. Een verdomd mooi boegbeeld van een verdomd mooi schip. Hij bleef naar haar kijken en haar zien was erger dan alle wanhoop van de wereld samen.

'Verder, Guiseppe', eiste ze.

'Dat gaat niet, signora.'

Ze pruilde.

'Ik wil varen tot waar de zee ophoudt en opnieuw begint en opnieuw.'

'Onze boot is niet zeewaardig, signora. De golven zouden eroverheen slaan en we zouden alle drie verdrinken. Maar als la signora dat wil, huren we op een andere dag een grotere boot met een diepe kiel en een zeil en dan gaan we de zee op.'

Ze klapte in de handen.

'Morgen, Rafaël? Mag het?'

Hij glimlachte om haar meisjesachtige blijheid, maar antwoordde niet. De frisse zeewind hinderde hem, maar het gesmoorde kuchen in een zakdoek was een gewoonte geworden waar niemand nog veel aandacht aan schonk, ook Elena niet. Ze was overtuigd dat als het eenmaal zomer zou zijn, het hoesten vanzelf zou wegblijven.

Toen ze terugkeerden gleden Rafaëls ogen over de paleizen met hun zacht verlichte ramen. Ze voeren langs het Ca'd'Oro, het huis van goud, volledig belegd met bladgoud en glanzend in het avondlicht als een feeënwoning, langs het huis van de beul, toepasselijk geschilderd in de kleur van geronnen bloed, langs roze, okergele en witte gevels. Hij zag nog altijd hun tijdloze schoonheid, maar tegelijkertijd overspoelde hem het heimwee. Ze voeren onder de Rialtobrug, haar silhouet was hem vertrouwd geworden, maar ze beroerde hem niet meer dan een bezienswaardigheid voor toeristen. Hij wist dat het tijd was om met Elena te praten.

Toen ze thuiskwamen zaten ze in het donker bij het raam.

'Ik kijk graag naar de sterren', zei Elena. 'Thuis had ik een sterrenatlas, van vader gekregen voor mijn twaalfde verjaardag. Ik heb er zo vaak in gekeken dat ik de namen en de plaats aan de hemel van de meeste sterren en stelsels ken. Ik hield ervan hun namen te fluisteren als de nacht achter mijn open raam stond: Sirius, Orion, Aldebaran, Cassiopeia, Andromeda... Hier zie ik ze in het water, spiegelbeelden van zichzelf en daardoor moeilijker te ontcijferen.

Ze aten kersen en spuwden de pitten in het water waar ze kleine rimpelingen maakten. Hun lippen werden donkerrood.

'We moeten praten', zei Rafaël.

Ze zat roerloos, met ingehouden adem, haar hart klopte wild van een onbekende angst.

'Dit is mijn wereld niet, Elena', zei hij zacht, bang om haar te kwetsen.

Ze schrok.

'Het is onze wereld, Rafaël, van ons samen.'

'Nee, vanaf het begin was het jouw droom. Ik wilde alles wat jij wilde, want jij was mijn hele leven, maar mijn eigen droom is het nooit geweest.'

'Je hebt meer tijd nodig om hier te aarden', probeerde ze hem te overtuigen.

Ze praatte snel en opgewonden, bang voor de woorden die klaarlagen achter zijn lippen en die ze kon raden door in zijn donkere ogen te kijken.

'Het is het stilzitten dat je verveelt. Nu de winter voorbij is en je genezen bent, kun je een betrekking zoeken. Misschien kun je weer dienst nemen. Of nee, niet weer vechten. Je kunt secretaris worden van de hertog of solliciteren naar een ander ambt dat past bij je stand.'

Ze reikte haar hand naar zijn kin en zag het sterrenlicht weerkaatst in zijn ogen.

'Kijk me aan, liefste. We kunnen buiten de stad gaan wonen, op het vasteland. Met het geld dat we gewonnen hebben, kopen we een buitenhuis met een tuin, een kleine wijngaard... we zullen wijn maken...'

Langzaam nam hij haar hand weg. Zijn ogen keken over haar

hoofd heen naar een onzichtbare horizon.

'De tijd van dromen is voorbij, Elena. Nu is het tijd om wakker te worden. Ik wil naar huis.'

'Naar huis?'

Ze keek hem aan met ogen vol angst.

'Ik dacht dat dit ons thuis zou worden. Dat buitenhuis – en het hoeft echt niet zo groot te zijn – dat meende ik echt. Ik dacht dat we daar samen gelukkig zouden worden. Op een dag zouden er kinderen zijn en het huis vol gelach en geroep.'

'Het gaat niet over dat huis, Elena,' zei hij fel, 'en ook niet over kinderen. Ik wil niet begraven worden op het kerkhof van Venetië, weggeroeid in een zwarte gondel. Als ik sterf, wil ik rusten waar de tarwe rijpt en de wind ruist in de bomen.'

'We zijn hierheen gekomen om onze liefde te vieren', zei Elena. 'Niet om aan de dood te denken. Weet je nog, Rafaël, er was een tijd toen samen zijn de mooiste droom was die we durfden te koesteren. Nu zijn we samen in deze sprookjesstad en we houden van elkaar als godenkinderen. Geniet hiervan en vergeet die sombere gedachten. Alsjeblieft.'

Ze wilde nog zoveel meer zeggen, alle hoop en verwachtingen die leefden in haar hart, maar Rafaël zei: 'Misschien is liefde net als gokken. Je speelt en je wint. Je speelt en je verliest.'

En hij dacht: wij hebben aan de speeltafel gewonnen, mijn lief, wat zullen we doen aan de tafel van de liefde?'

Uit het dagboek van Elena Warowska

'Liefde is als gokken', zei Rafaël. Het klonk alsof hij twijfelde aan de goede afloop van onze liefde. Ik keek naar hem toen hij die vreselijke woorden uitsprak. Hij staarde voor zich uit. Ik zag dat hij elders was. Alleen. In elk geval: zonder mij. Ik kreeg het koud en werd bang.

Ik ging aan mijn schrijftafel zitten, stak een kaars aan en sloeg dit dagboek open. Hij merkte het niet eens. Ik zit in de kring van het rosse licht als onder een stolp.

Rafaël wil naar huis. Begrijpt hij dan niet dat Hooghend nooit mijn

thuis zal zijn en dat ik ook geen ander meer heb, niet in Rossieja,
niet in Vlaanderen, niet een, behalve dit ene hier, samen met hem.
De kaars sputtert en flakkert en zwarte walm kringelt omhoog, maar
ik heb de moed niet om de pit te knippen.

Die nacht lag ze nog lang wakker. Een smalle streep maanlicht viel tussen de gordijnen door en schoof langzaam over de muur, over het behang, het schilderij met zicht op de Rialtobrug en uiteindelijk over de icoon, zodat het goud en zilver ervan oplichtten.

Ze luisterde naar Rafaëls raspende ademhaling en het zinnetje – ik wil naar huis – gonsde als een bromvlieg in haar hoofd en hoe ze ook haar best deed, het wilde daar niet weg.

Toen het morgenlicht op kousenvoeten binnensloop, hoorde ze hoe hij langzaam wakker werd. Ze ging naar de keuken en maakte het ontbijt klaar, terwijl hij nog even sliep aan haar kant van het bed, in de afdruk die zij daar gelaten had.

Haar ogen waren droog en haar hart zwaar. Ze herinnerde zich haar eigen woorden: onvoorwaardelijk van iemand houden wil zeggen dat je niets eist in ruil voor wat hij van je vraagt. Ze zou Venetië opgeven en de zee waarvan ze het geheim nauwelijks had geproefd.

Ze wist precies welke woorden ze zeggen moest.

Ze bracht het ontbijt naar de kamer, wekte hem met honderd kussen tot hij rechtop ging zitten, plaatste het dienblad tussen hen en zei: 'Als je naar huis wilt, mijn liefste, dan ga ik met je mee, ook als ze daar niet van me willen weten.'

Zo groot was haar liefde voor hem.

*

Toen de beslissing eenmaal genomen was, leek Rafaël verschrikkelijke haast te hebben. Hij zegde de huur van het appartement op, verkocht voor een schijntje hun bezittingen die Elena geduldig had verzameld en die ze niet mee konden nemen en regelde de eerste etappes van hun thuisreis.

Elena zag het. Niet de plaats is belangrijk, hield ze zich voor, niet de dingen, wel dat we samen zijn. Toch huilde ze toen ze afscheid namen van Guiseppe. Hij had erop gestaan hen zelf over te zetten naar het vasteland en nu stond hij naast de koets, klein en eenzaam onder de wijde hemel. Achter hem verrees het gouden silhouet van zijn stad, badend in de zon en aan de steiger dobberde zijn boot op de golfslag.

'Vaarwel, signora, vaarwel, signore. Dit is een droeve dag voor Guiseppe.'

'Dat is het voor iedereen', zei Elena. Ze kuste hem op de wang. 'Vaarwel, Guiseppe, ik zal je missen, jou en je stad.'

Ze bleef kijken en wuiven tot de koets ratelend de hoek van de weg omsloeg. Al die tijd had hij niet bewogen. Toen wikkelde ze zich vaster in haar paarsblauwe mantel en liet zich met gesloten ogen meevoeren. Van de buitenhuizen, waarvan ze zelf had gedroomd, verscholen achter olijfbomen, zodat alleen de rode daken daarbovenuit piepten, merkte ze niets.

De terugtocht werd een verschrikking. Ze reden door de vlakten van Lombardije, langs de doorweekte rijstvelden van Piemonte, staken de Alpen over en daalden af naar Lyon.

Daar moesten ze een week rusten om Rafaël weer op krachten te laten komen. De reis verzwakte hem, hij werd mager, hoestte steeds meer en zijn ogen gloeiden koortsachtig, maar Elena bleef ervan overtuigd dat het allemaal wel in orde zou komen als hij eenmaal thuis was.

Rafaël voelde de pijn gloeien in zijn borst. Wat eerst een bijtende speldenpunt was geweest, werd een gloeiende, knijpende vuist. Hij beet zijn tanden op elkaar en hield zich sterk voor Elena. Hij wilde niet dat ze wist hoe erg het met hem gesteld was. Nog niet.

Op hun tocht naar het noorden vorderden ze slechts langzaam.

Het luide gekletter van de wielen van hun rijtuig was slaapverwekkend, maar het hotsen en botsen over de onverharde wegen schudde hen telkens weer wakker. De halteplaatsen waar de paarden werden ververst en waar ze frisse lucht konden inademen en de herbergen waar ze overnachtten, waren meestal druk, overbevolkt en smerig. Vaak ging er iets mis – een paard brak een been in een kuil in de weg, een wiel ging stuk, een dissel brak, een gedeelte van de weg was weggespoeld zodat ze een omweg moesten maken – en zo duurde het nog vier eindeloze weken voor ze Parijs bereikten.

Ze kozen het hotel van de heenreis en toen ze daar aan de balie stonden om zich in te schrijven, merkte Rafaël tot zijn ontzetting dat ze bestolen waren. Hij tastte in zijn zakken op zoek naar de beurs met goudstukken, doorzocht koortsachtig hun bagage die nog in de hal stond, hoewel hij wist dat hij hem daar niet in had gedaan, maar de beurs bleef verdwenen. Hij dacht koortsachtig na. Hij had de beurs uit zijn zak genomen om de laatste koetsier een royale fooi te geven. Hij had hem ook weer weggestoken, dacht hij. Er was even verwarring geweest met de reistassen en de koetsier was tegen hem opgebotst. Had hij de beurs toen gerold of was hij gewoon op de grond gevallen?

Hij holde naar buiten, liep tegen de portier aan, sprong de trappen af, maar van hun koetsier of zijn voertuig was geen spoor meer te bekennen.

Wild keek hij om zich heen.

'De koets', riep hij naar de portier, maar die haalde de schouders op.

Rafaël wist dat het geen zin had door de straten van Parijs te rennen. Als de koetsier de beurs gestolen had, dan verliet hij nu al in zeven haasten Parijs door een van de stadspoorten. Ook aangifte doen bij de politie zou weinig uithalen, hij had immers geen enkel bewijs.

Ontmoedigd liep hij terug naar binnen.

'We zullen een ander hotel moeten nemen', zei hij, nog nahijgend. 'Dit kunnen we ons zonder beurs echt niet veroorloven.' Hij keek erg ongelukkig. 'In de brief aan mijn moeder zal ik om geld moeten vragen.' Hij balde zijn vuisten. 'Ik haat dit. Ik haat het om bestolen te worden en ik haat het om te bedelen! Hoe kon ik zo stom zijn?'

'We blijven', besliste Elena. 'En je hebt het hart niet om je moeder om geld te vragen. We willen geen gunsten van haar, zeker niet voor we haar hebben teruggezien en weten hoe ze tegenover ons staat. Beloof het me, Rafaël.'

'Maar...'

'Er zijn andere middelen om aan geld te komen.'

Ze gaf de piccolo een wenk hun bagage naar hun kamer te brengen.

Ze installeerden zich grondiger dan in hun vorige hotels, want hier zouden ze minstens twee weken blijven.

Daarna ging Elena uit. Toen ze terugkwam, gooide ze een goedgevulde beurs op het bed.

Rafaël staarde haar met grote ogen aan.

'Kun jij toveren?'

Glimlachend toonde ze haar hand waaraan geen diamant meer schitterde.

'Je ring! Elena, je hebt je ring toch niet...?'

'Ik heb hem verpand.'

Rafaël protesteerde hevig.

'Jouw ring was meer dan zo maar een juweel dat je verpandt, meer zelfs dan een stukje eeuwigheid zoals de verkoper het noemde, voor ons was hij een symbool.'

Zoals Venetië een symbool was, dacht Elena, maar ze antwoordde nuchter: 'Van symbolen kun je niet eten. Je kunt er geen dokter mee betalen of deze kamer. Jij bent zoveel belangrijker dan die ring, Rafaël. En daarbij: ik heb hem niet verkocht, alleen verpand. We hebben drie jaar tijd om onze schuld in te lossen. Als we dat doen, krijg ik hem gewoon terug.'

Ze wees naar de beurs.

'Moet je het niet tellen, Rafaël?'

Ze lachte opgetogen.

'Ik heb meer gekregen dan de juwelier in Venetië ervoor vroeg. De pandjesbaas wilde hem absoluut kopen. Je had moeten zien hoe begerig hij ernaar keek.'

Dezelfde avond nog schreef Rafaël een brief aan zijn moeder en vol spanning wachtten ze op antwoord.

Ondertussen dwaalde Elena door Parijs, terwijl Rafaël in het hotel bleef. De stad die een jaar eerder een onuitwisbare indruk op hen had gemaakt, leek nu somber en triest onder de grijze luchten en de onophoudelijke regenvlagen.

Toen het antwoord eindelijk kwam, was het briefje erg kort. Eén enkele zin.

In dit grote huis vol verdriet zijn vele lege kamers.

'Alleen al aan de lengte van het epistel kun je zien dat moeder het zelf geschreven heeft', zei Rafaël. Voor het eerst sinds dagen lachte hij.

'Betekent het dat we welkom zijn?' vroeg Elena bezorgd.

Rafaël knikte.

'Dat betekent het inderdaad. Je kunt van moeder niet verwachten dat ze zich verontschuldigt. Dit is haar manier om te zeggen dat we naar huis kunnen. Dat onze vlucht haar veel verdriet heeft gedaan, maar dat we welkom zijn.'

'Jij wel. Maar ik?'

'Jij ook, mijn lief. Ik heb mijn brief aan haar ondertekend met onze beide namen. En ze schrijft: er zijn "vele" lege kamers. Wees er maar heel zeker van dat ze heel precies uitdrukt wat ze bedoelt.'

'Zij en Louise haten me.'

'Ja, waarschijnlijk wel. Maar ze beseffen dat ze geen keuze hebben: we keren samen terug of helemaal niet. Ze hebben gekozen en zullen zich daaraan houden.'

*

De koets rolde door de schaduw van de kastanjelaan en dook dan het helle licht van het voorplein in.

Het kasteel lag te soezen in de zomerzon, een paar bedienden keken nieuwsgierig op en even had Elena, die haar hoofd door het raampje stak, de illusie dat ze nooit weg waren geweest. Maar toen ze uitstapte en Louise en haar moeder op het bordes zag staan, stram rechtop en met afwijzende gezichten, herinnerde ze zich opnieuw Natalja's stem. *Op geluk staat een prijs en die moet je betalen. Je moet er altijd voor betalen.* Op dat ogenblik besefte ze dat de prijs hoog zou zijn.

'Jullie zijn toch getrouwd?' vroeg de gravin, toen ze hand in hand de trap naar het bordes waren opgelopen, Elena met trots geheven hoofd en Rafaël hoestend in zijn zakdoek. Het waren haar welkomstwoorden.

Ze begrepen wat onuitgesproken achter haar vraag school: de schande is zo al groot genoeg, maar als jullie niet getrouwd zouden zijn, als jullie in zonde zouden samenleven, zou dat nog tien keer erger zijn.

Ze knikten allebei.

'Meteen al', zei Rafaël.

'Daar heb je papieren van?' vroeg ze.

Ze hoorden de achterdocht in haar stem.

'Ja, moeder, die hebben we.'

Elena kneep woedend haar lippen samen. Ze waren toch geen betrapte schoolkinderen die zich moesten verantwoorden! Haar pupillen zaten vol bliksems, maar ze beet haar tanden op elkaar. Ze kon niet vanaf het eerste ogenblik ruzie gaan maken.

Ze liepen naar binnen, de gravin voorop, dan Rafaël en Elena en als laatste Louise, met geheven hoofd en koude ogen. Ze had nog altijd geen woord gezegd, ook niet tegen haar broer.

Rafaël knielde bij de reistassen en haalde de opgerolde en met een rood lint samengebonden akte te voorschijn. Zijn moeder rolde hem open, hield hem op ooghoogte en bestudeerde hem langdurig.

'In een dorpskerk', zei ze ten slotte misprijzend. 'Door een dorpspastoor die het Latijn verhaspelt...'

Ze keek Elena aan met ogen vol minachting.

'Misschien hebben sommigen zich daar thuis gevoeld, maar voor mijn zoon had ik andere plannen.'

'Dat is dan erg spijtig voor jou', zei Elena. Ze wist dat ze zich vanaf het eerste ogenblik moest laten gelden, want anders zou ze geen leven hebben. 'Rafaël voelde zich daar perfect gelukkig.'

'Je zult je hierbij moeten neerleggen, moeder', zei Rafaël.

Hij steunde met beide handen op de tafel en ademde moeizaam.

Zijn moeder knikte kort en stug.

'Ik heb Bernard bevel gegeven...' ze slikte, '... jouw appartement voor jullie klaar te maken. Het avondmaal zullen we samen gebruiken.'

'Het spijt me, moeder', zei Rafaël. 'De reis heeft me erg vermoeid. Elena en ik zullen op onze kamer eten.'

Hij liep naar de deur. Louise versperde Elena de weg.

'Je had een zuster voor me kunnen zijn', zei ze.

En Elena antwoordde: 'Dat ben ik toch, lieve Louise, twee keer
zelfs.'

Uit het dagboek van Elena Warowska

*De bedienden van Hooghend keken schuw en dienden zwijgend op.
Ik voelde dat ze niet wisten welke houding ze moesten aannemen.
Toen ze de tafel weer hadden afgeruimd, zaten Rafaël en ik nog een
tijd samen bij het vuur. Er waren lange stiltes tussen onze woorden,
maar Rafaël zag er ontspannen uit. Misschien is vredig het juiste
woord, maar ik vraag me af of ik een deel van die vrede ben.*

*Het vuur stuikt in elkaar. De laatste sintels hebben de kleur van ver-
welkte rozen.*

*

Rafaël bleef de hele dag in bed. Het leek alsof hij al zijn krachten
had gebruikt om thuis te komen. En nu waren ze helemaal op.

Hij had pijn. Het knaagdiertje dat zich in Venetië voor het eerst
achter zijn geschonden ribben had geroerd, was een verscheurend
roofdier geworden dat zijn borst met scherpe halen openklauwde.

Zijn moeder liet dokters komen van heinde en ver. Ze beklopten
en beluisterden hem, schreven drankjes en oplossingen voor die in
kokend water moesten worden gegoten, zodat hij de dampen kon inademen, lieten vensters openzetten of weer sluiten, spraken woorden van troost en verdwenen hoofdschuddend. Elena vroeg zich af
of ze zelf in het nut van hun remedies geloofden.

Na twee weken kwam ook de militaire arts uit Brussel, de man
die Rafaël na de slag had geopereerd en die zijn moeder dankzij
haar relaties had opgespoord. Hij gooide de leidsels van zijn paard

naar een stalknecht, stapte stijf en stram naar binnen en liet zich door de eerste bediende die hij ontmoette naar de kamer van Rafaël brengen.

'Ik herken je', zei hij. 'Je was een van de jongste officieren. Ik heb je na de slag verzorgd.'

De gravin en Louise kwamen gehaast de kamer binnen, maar hij stuurde hen meteen weer weg, hoewel ze hevig protesteerden. Alleen Elena mocht blijven.

Toen de deur met een veel te luide slag dichtviel, keek hij haar warm aan en zei: 'Ik ken jullie verhaal. Heel Brussel kent het. De piepjonge Russische bruid van Rutger van Coudenberghe die er na zijn dood met zijn jongere broer vandoor gaat. Er wordt over geroddeld. Sommigen zeggen dat je een gewetenloze verleidster bent, een avonturierster die een titel en een fortuin zoekt. Anderen vinden het een verhaal van pure romantiek. Nu ik je zie, denk ik dat ik dat laatste geloof.'

Hij gaf haar een teken om te helpen bij het uittrekken van Rafaëls hemd.

'Hm, het litteken is mooi genezen.'

Hij beluisterde Rafaëls borst en onwillekeurig dacht Elena aan de Venetiaanse arts met het griezelige masker. Ze hoorde zijn woorden. *De mist golft en klotst in zijn longen als het water van het Canal Grande op een stormavond.* Hoorde deze arts hetzelfde?

Hij stelde geen diagnose, maar vuurde een aantal vragen af.

'Koorts?'

'In Venetië wel', zei Elena.

Hij keek verrast op.

'Venetië? Een hele reis voor deze jongeman in zijn toestand.'

'Daar had hij vier dagen lang hevige koorts. En nu...' ze legde haar hand op Rafaëls voorhoofd, '... heb ik nog vaak de indruk dat zijn huid het warmer heeft dan de mijne.'

'Hoesten? Piepende ademhaling? Vermoeid bij elke inspanning?'

'Daar kan ik zelf op antwoorden', zei Rafaël. 'Doodmoe van alleen maar te liggen. Maar de pijn...'

'Hier?'

De hand van de dokter zocht de plaats waar een holte lag tussen Rafaëls knokige ribben. Elena volgde de hand met haar ogen alsof ze het werktuig van het godsgericht was. Lange, behaarde vingers, verzorgde kortgeknipte nagels.

'En hier?'

Rafaël beet zijn tanden in zijn onderlip om het niet uit te schreeuwen.

'Alsof je met gloeiende ijzers...' kreunde hij.

De dokter keek bedenkelijk.

'Luitenant,' zei hij, 'ik heb niet de gewoonte er doekjes om te winden. Soldaten hebben het recht om te weten hoe ze eraan toe zijn.'

Hij wendde zich tot Elena.

'Als je dit liever niet hoort...'

Elena ging zitten op de rand van het bed en greep Rafaëls hand. Ze keek de dokter recht aan en haar blik zei: dit gaat ons samen aan.

Rafaël grijnsde.

'Russische vrouwen, dokter, ze...'

Zijn woorden stikten in een hoestbui.

'Goed', zei de dokter. 'Ik herinner me de wond.' Hij wierp een snelle blik op Elena. 'Ik zal geen details geven, maar het was ernstig. Wat de kogel binnen had aangericht, kon ik alleen maar raden. Nu weet ik dat hij je long voor een gedeelte heeft verwoest. Dat kwaad heeft zich ondertussen verspreid.' Hij wachtte even alsof hij de juiste formulering zocht. 'Ik wilde dat ik je meer hoop kon geven.'

Elena hield haar adem in. De tijd en de wereld stonden stil terwijl ze zijn volgende woorden afwachtte.

'Ik denk dat ik het al die tijd geweten heb', zei Rafaël. 'Ook in Venetië al. Ik heb het gevoeld. Alsof het achter mijn ribben stukje voor stukje werd weggevreten.'

'Dat klopt', zei de dokter. 'Het gaat geleidelijk, maar er komt een ogenblik...'

'En dat ogenblik...' vroeg Rafaël.

De dokter knikte.

Elena's ogen schoten heen en weer tussen beide mannen. Welk vreselijk oordeel werd hier geveld zonder dat daar woorden voor werden gebruikt?

'Die drankjes...' de dokter maakte een gebaar met de arm alsof hij ze van de tafel wilde vegen, '... die kun je weggooien. Ik zal je een middel geven om de pijn te verlichten.'

Hij maakte zijn tas open en haalde er een flesje met een wit poeder uit.

'Een Duitse vriend van me, een apotheker, heeft uit opium een poeder gedestilleerd dat hij morfine noemt.' Hij glimlachte. 'Mijn vriend is niet alleen een wetenschapper, maar ook een dromer. Toen hij zijn ontdekking een naam moest geven, dacht hij aan Morfeus, de Griekse god van de slaap. Het is een zeer krachtig middel dat je hoest zal onderdrukken en je pijn zal wegnemen.'

Tegen Elena zei hij: 'Ik zal je tonen hoeveel poeder je in een half glas water moet oplossen. Let alsjeblieft goed op, want in een grotere dosis is morfine dodelijk.'

'En als dit flesje leeg is?' vroeg Elena.

Hij keek haar vol medelijden aan.

'Het zal genoeg zijn.'

Ze stond roerloos.

'Als uit steen gehouwen', zou de dokter in de Brusselse salons vertellen, want haar verhaal zou daar opnieuw de ronde doen. 'Een sfinx! En in al haar verdriet onvoorstelbaar mooi.'

Dat haar hart wild tekeerging en uit haar borstkas dreigde te barsten, hoorde hij niet. Dat ze het plotseling ijskoud kreeg en rilde alsof ijswater over haar rug werd uitgegoten, merkte hij evenmin.

Toen de dokter weg was, door de gravin meegetroond om ook aan haar verslag uit te brengen, ging Elena opnieuw naast Rafaël aan de rand van het bed zitten. Ze keek hem warm aan, al de angst en de kilte van haar hart diep weggeborgen.

'Je hebt er zo weinig over gepraat, liefste', zei ze.

'Jij had je droom', glimlachte hij. 'Die was belangrijk. Hier konden we niet blijven. En als we dan toch moesten vluchten, was Venetië een even goede bestemming als elke andere.'

Hij had het moeilijk om te praten, moeilijk om langere zinnen te vormen. Hij hijgde dan en snakte naar adem als een drenkeling die boven komt en met diepe halen naar lucht hapt.

'Weet je nog hoe je het zei... je stad op water gebouwd.'

'Ach, Rafaël, mijn echte droom was jij, altijd al. Ben jij, waar ook ter wereld.'

Hij hief zijn hand en ze zag dat ook dat hem moeite kostte.

'De dokter', zei hij. 'Als je hem begrepen hebt... We moeten praten. Over hoe het verder moet. Met jou... straks...'

Zijn ogen vielen dicht en ze wist niet eens wat hij bedoeld had: straks verder praten of praten over wat straks gebeuren moest.

Op de toppen van haar tenen liep ze de kamer uit. Louise stond boven aan de trap alsof ze daar op haar wachtte.

'Als ook Rafaël sterft, dan vergeef ik je dat nooit', zei ze.

Elena kneep haar ogen tot smalle spleetjes en zei: 'Rafaël werd gewond door een Franse kogel. Als hij sterft is het daaraan. Misschien moet je daar maar eens over nadenken. Rutger, die ook jouw broer was, stond aan de Franse kant.'

'Dat is gemeen. Hoe durf je zo tegen me te praten? Hoe durf je ook maar te insinueren dat Rutger...'

Elena liep naar beneden. Voor ruziën had ze geen energie meer.

*

Af en toe was Rafaël bij bewustzijn. Elena zat naast zijn bed, haar hand op zijn hand. Hij voelde de lichte druk en het was alsof haar warmte nog even door hem stroomde. Hij keek naar haar door zijn halfgesloten wimpers. God, wat was ze mooi! Jong en fris en meisjesachtig, terwijl hij zichzelf allen maar oud en moe voelde. Ze droeg haar haren opnieuw in een vlecht omdat ze wist dat hij daarvan hield. Vol pijn besefte hij hoe hij haar liefhad, hoe hij van haar zou blijven houden ver voorbij de grens van het leven.

'Het is niet eerlijk', zei ze.

'Nee.'

'Je bent jong. Het leven moest nog voor je liggen.'

'Anderen waren even jong als ik, Elena, en zij zijn al een jaar dood, hun gebeente ligt verstrooid in de velden. Ik heb een extra jaar gekregen, samen met jou.'

'Een jaar', kreunde Elena. 'En al die andere jaren? Ook daar hadden we nog recht op. Een gezin, kinderen...'

Zijn hoofd bewoog lichtjes heen en weer.

'We hebben nergens recht op.'

Na elke zin liet hij een lange pauze.

'Heb je dat nog niet begrepen? Rutger niet, wij niet. Wat we krijgen is een voorrecht. Bij wat we niet krijgen, moeten we ons neerleggen.'

Een tijdlang lag hij stil. Elena dacht dat hij sliep, maar toen fluisterde hij: 'Meisje uit het verre Rusland...'

Ze boog zich voorover om zijn woorden beter te verstaan.

'Het doet zo vreselijk pijn...' zei hij.

Haar hand gleed over zijn voorhoofd.

'Ik weet het, mijn lief.'

Hij lag stil. Je begrijpt het niet, dacht hij. Het doet zo'n pijn jou achter te moeten laten, zo vreselijk pijn te beseffen dat je helemaal alleen... dat ik...

Zijn gedachten verwaaiden, de paleizen van het Canal Grande schoven langs, hun gevels rood als een verstilde zonsondergang, het balletje van de roulettetafel danste daar tinkelend overheen en viel in een gondel met een gitzwart kruis. De beelden vervaagden als de lijnen en kleuren van een oud fresco.

'Het lot', fluisterde hij. Toen vielen zijn ogen dicht en hij gleed weg in duisternis en leegte.

Snikkend legde Elena haar hoofd in zijn gestrekte hand. Al het verdriet van de wereld brandde in haar tranen.

*

Rafaëls kist stond in de kapel van het kasteel. Vandaar zou hij, volgens zijn eigen wens, worden overgebracht naar de veldkapel in de schaduw van de twee reusachtige lindebomen.

Het gebrandschilderde raam filterde het al te uitbundige zonlicht en wierp gele, rode en blauwe vlekken op de marmeren vloer.

Elena knielde neer op de koude tegels en sloeg op zijn Russisch met de samengevoegde vingers van haar linkerhand een breed kruis.

Louise keek om, stond op van haar roodfluwelen bidstoel en zei met harde stem: 'Je tijd is bijna om. We zullen je terugsturen naar je barbaarse vaderland en deze keer zullen we ervoor zorgen dat je niet ontsnapt.'

Elena verstijfde.

Eens had ze tegen Rafaël gezegd: 'Ik mag niet leven met je en zonder je ga ik dood.' Ze wist nu dat het de onafwendbare waarheid was.

Ze sloot haar ogen en zag hem, liggend in de gondel, zijn gezicht naar de hemel geheven, met al het gouden licht van Venetië over hem uitgegoten.

Ingespannen, met gefronste wenkbrauwen probeerde ze andere beelden op te roepen: de jonge god onder aan het bordes bij hun eerste ontmoeting, de onverstoorbare aristocraat aan de roulettetafel, de minnaar die voorovergebogen de ring aan haar vinger schoof...

Maar dat ene beeld schoof er telkens voor: Rafaël in de gondel in het wonderlijke, onaardse licht dat ook de doeken van Italiaanse schilders overspoelde.

Ze ging naar haar kamer en ging aan haar schrijftafel zitten.

Uit het dagboek van Elena Warowska

Ik dacht dat het voldoende zou zijn om dit dagboek open te slaan om al mijn verwarde gevoelens op papier te zetten. Herinneringen stormen op me af als de golven van de zee, ze overspoelen me, een brok in mijn keel beneemt me de adem en mijn hand beeft en wordt krachteloos. Misschien is het dat wat je voelt als het leven je ontsnapt.

Ze stond op, liep naar het raam en schoof de gordijnen open. Opko-

mende mist golfde tussen de bomen van het park en veroverde langzaam het binnenplein, een melkwitte lijkwade die zich geruisloos
rond de woning legde.

Ze liep naar de haard en porde met de pook in het stervende
vuur. Enkele vonken en asdeeltjes stegen wervelend met de grauwe
rook mee op.

Ze deed haar dagboek op slot en bond er een breed lint omheen.
Ze ging opnieuw even zitten en schreef een kort briefje dat ze zorgvuldig dichtvouwde.

Daarna kleedde ze zich uit, vouwde haar kleren zorgvuldig op en
legde ze in de kast. Haar gebaren waren rustig, weloverwogen. Uit
de onderste schuif van de commode nam ze het bruine flesje. Ze
keek ernaar, opende het, rook eraan en zette het geopend op haar
nachttafel. Ze pakte de nachtjapon met de kleurige linten die ze lang
geleden uit Rusland had meegebracht. Hij had knoopjes van de
kraag tot de zoom en Rafaël had ervan gehouden die langzaam een
voor een los te maken. Even langzaam maakte zij ze nu dicht en
met elke knoop nam ze afscheid.

'Van Natalja, Igor en Sascha, van matoesjka Rossieja, van
Guiseppe, van Melanie, van Pieter, van vader, van Rutger...' Ze
maakte de laatste knoop dicht. 'Van Rafaël, mijn liefste.'

'We zullen samen slapen, mijn lief,' zei ze, 'tot het einde van de
wereld.'

*

Gravin van Coudenberghe herlas voor de tiende keer het briefje.

*In Rossieja, mijn vaderland, hebben geliefden het recht samen be-
graven te worden voor de eeuwigheid.*

'Ze is hier niet in Rusland', zei Louise hard. 'Ze heeft geen enkel
recht.'

'Dat heeft ze wel. Ze heeft er met haar leven voor betaald', zei
haar moeder. 'Dat is de hoogste prijs die je geven kunt.'

Ze riep Bernard.

'Laat de kistenmaker komen', zei ze.

De vondst in het graf in de kapel intrigeerde me. Ik zocht contact met de familie die de werklieden had aangenomen. Na enig aandringen waren ze bereid me te ontvangen in hun appartement in Brussel. Het zal u, spitsvondige lezer, niet verbazen dat ik daar de heer en het jonge meisje aantrof, die ik eerder bij de opgraving in de kapel had ontmoet. Grootvader en kleindochter bleken de laatste telgen van een oud geslacht. Ze stonden argwanend tegenover mijn verzoek, tot ze hoorden dat ik de geschiedenis van Rafaël van Coudenberghe in een jeugdroman wilde verwerken. Ze overlegden fluisterend. Even ving ik een paar woorden op van de jongedame toen ze met aandrang zei: '... het verhaal van hun liefde!'

De woorden maakten me nog nieuwsgieriger.

Toen zei ze: 'We kennen zelf maar stukken van het verhaal. Misschien lukt het u wel de waarheid te achterhalen.'

Bij volgende bezoeken leerde ik hen beter kennen. Sophie, de verre achterkleindochter van Louise, en haar grootvader. Ik bezocht het familiedomein dat nu bewoond werd door een brouwer.

Ze dolven brieven voor me op, aangetast door vocht en stof, de verbleekte inkt nog nauwelijks leesbaar, maar die bij het openvouwen boven op de muffe geur nog een zwak viooltjesparfum verspreidden, en een portret van een schuw glimlachend meisje, jonger dan ik me had voorgesteld.

'Elena?' vroeg ik, op het puntje van mijn stoel schuivend.

'Geschilderd toen Rutger nog leefde', zei Sophie. 'Ik vermoed in de winter van achttienhonderd veertien.'

Ik staarde ernaar, twee eeuwen vielen weg, het leek alsof de donkere ogen me hypnotiseerden.

Sophie reisde alleen naar het voorouderlijke kasteel, verzon een smoes om de zolder te doorzoeken en belde me vanuit haar auto ademloos op.

'Ik heb iets ontdekt', zei ze. 'Als je langskomt...'

Ik ging naar Brussel.

Ze keek opgetogen en schoof een boekje over de tafel heen. Een vierkant boekje met een groezelige, linnen kaft en een gouden slot. 'Haar dagboek', zei ze. 'Ik heb het niet gelezen. Ik vind dat u dat moet doen. Achteraf zal ik uw verhaal lezen.'

Uit de brieven, vergeelde registers, genealogische documenten en persoonlijke geschriften in versleten lederen mappen, maar vooral uit het dagboek reconstrueerde ik de geschiedenis van Rutger, Rafaël en Elena. Ik heb verzonnen wat ik niet kon achterhalen en waarheid en fantasie tot een verhaal verweven.

Ondertussen voerde een patholoog in opdracht van de archeologische dienst van de provincie een onderzoek uit op de opgegraven resten. Zijn conclusie was duidelijk: in het graf lagen twee skeletten, dat van een jonge man en een even jonge vrouw.

Rafaël en Elena rusten opnieuw in de kapel in O., hun gebeente voor eeuwig vermengd. Aan de grafsteen, die ondanks de marmerkanker gerecupereerd kon worden en die nu wat verweerd en uitgesleten in de nieuwe vloer ligt, werd niets gewijzigd. Het is nog altijd alleen Rafaël, '*présent à la bataille de Waterloo*', die er rust.

Wel liet ik een kleine marmeren plaat vervaardigen en samen met mijn vrouw, die dol is op romantiek, hing ik die naast het kleine altaar. *Ter herinnering aan Elena Warowska uit het verre Rusland...*

Toen we de met ijzer beslagen deur achter ons dichttrokken lagen de kale stoppelvelden onder de septemberluchten voor ons uitgestrekt. Misschien leken ze op de oneindige vlakten in het geboorteland van Elena.

Kraaien zweefden op de speelse wind. We ademden de diepe rust en ik wist dat ik hun verhaal moest opschrijven, want ook twee eeuwen later hebben jonge mensen even lief als deze koningskinderen.